光文社文庫

文庫書下ろし／長編時代小説

花いかだ

新川河岸ほろ酔いごよみ

五十嵐佳子

光　文　社

この作品は光文社文庫のために書下ろされました。

目次

第一章　家に帰ろう

ぎゃっという悲鳴に続き、ぷりぷりした声が続いた。

「また泥足で帰ってきて。今、掃除を終えたばかりなのに」

縁側で女中頭の菊《きく》が雑巾《ぞうきん》を手に、仁王立ちになっている。

正月にまとめて降った雪はあらかた解けたが、縁側に面した庭の石灯籠《いしどうろう》や松の根元には雪がわずかに残っている。雪解け水でぬかるんだ庭に猫の小さな足跡が点々と刻まれ、縁側まで続いていた。

菊は、気持ちを落ち着かせるように息を長くはき、茶トラの腹に手をまわして、ひょいと持ち上げた。雑巾で足の汚れをぬぐい、茶の間にほうりこむ。

続いて菊の足にまとわりついているこげ茶の猫を抱き上げ、足を拭き、こちらも茶の間にほいっと投げ入れた。

「猫はこたつで丸くなっていなさい」

すたっと畳に着地した二匹が頭からこたつ布団につっこんでいくのを見届け、菊はぴしゃんと障子を閉めた。

後ろに人の気配を感じ、菊が振り向くと、麻《あさ》が大きな身体を丸めるようにしてしゃがみこみ、猫の足跡を雑巾でふいている。

「お嬢さま、そんなこと、私がいたしますよ」

「せっかくきれいにしたばかりなのに。猫は寒いのが嫌いだっていうけど、この子たちはいつだって外に出たがるんだもの。そのうち、お菊の雑巾がけのせいでこの縁側、磨り減るかも」

「まだ遊び盛りの子猫ですから」

麻は新川《しんかわ》の下り酒問屋『千石屋《せんごくや》』のひとり娘で、この正月で三十三歳になった。

茶トラの猫は茶々《ちゃちゃ》、こげ茶色のほうはこげ太《た》である。昨年の十月に、亭主の鶴次郎《つるじろう》が鎧《よろい》の渡しのそばに捨てられていたのを拾ってきた。懐《ふところ》に二匹がすんなり収まるほどの小さい赤ん坊猫だったが、それから約二月半、日に日に丸々としてきている。

「追いかけっこをした後は庭石の上で二匹とも、気持ちよさそうに丸くなってましたよ。日当たりのいい場所がどこか、知ってるんですよ」

麻は手早く縁側の足跡を拭き終えると、桶《おけ》と雑巾を持ち、立ち上がった。

菊は麻のその姿を見あげ、ほ〜っとこみあげてきたものをあわてて呑み込んだ。幼いころから麻の世話をしてきた菊であるが、見るたびによくまあ育ったことと、感心してしまうのだ。

薄紫地の小紋に、㊉と白抜きした藍《あい》の半纏《はんてん》を羽織り前掛けをつけている麻は、鴨居《かもい》に頭をぶつけかねないほど、背が高かった。並の男より頭ひとつ分抜きんでている。江戸《えど》広しといえど、これほど大きな女はそうはいない。

「この子たちのせいでお菊の仕事が増えてしまって。年なのに」

何を今さらというように、菊は眉《まゆ》をあげた。こうなるのがわかっていて菊は猫を飼うのを渋ったのに、麻と鶴次郎はかわいいと大騒ぎして、飼うことを決めたのだ。

「竈《かまど》にお湯がかかっていますから、手のすすぎに使ってくださいな」

菊は桶と雑巾を受け取ると、つんと顎《あご》をあげて井戸端に出て行った。菊は年寄り扱いされるのが何より嫌いなのだ。

麻は手を洗うと、また縁側に戻った。久しぶりにすっきりと晴れた日だった。

松の緑に光が舞い、キラキラと光っている。

白漆喰《しっくい》になまこ壁の蔵が並ぶ新川河岸《がし》からは、舟から荷を下ろす男たちの掛け声が聞こえ、通りからはひっきりなしに行き過ぎる大八車の音が響いている。新川は朝からにぎやかだ。

年に上方《かみがた》から江戸に船で運ばれる酒は四斗樽《だる》（約七二リットル）で百万樽といわれる。その半分はここで下ろされ、江戸市中に運ばれていく。

千石屋は切妻屋根に本瓦《ほんがわら》、千本格子に白の漆喰壁の、間口四間《けん》（約七・二メートル）の店で、白壁の蔵は三つを数える。新川でも指折りの下り酒問屋だった。

麻は千石屋に生まれ、十七歳の時に、ひとつ年上の鶴次郎と一緒になった。

鶴次郎は伊丹《いたみ》の酒問屋の次男で、十二歳で江戸に出てきて、千石屋に奉公していた。上方の酒に詳しく、金勘定も抜け目ない上、気風がよくて親分肌、愛嬌もあり、先代のお気に入りの手代だった。何より麻と相惚れでもあったのだが、両親はもろ手をあげて鶴次郎を婿に迎えたわけではなかった。

というのも、鶴次郎にはただひとつ難点があったからだ。

盃《さかずき》一杯で目を回す質《たち》だったのである。酒問屋の息子で、酒問屋に奉公しているのに、鶴次郎は下戸《げこ》であった。

新酒の試飲も満足にできないようでは酒問屋の婿には向かないと、麻の両親は首をなかなか縦にふらなかった。

　だが、女は小柄でかわいいのがいちばんという世の中、麻の背が高すぎるというだけで、千石屋という後ろ盾をもってしても、麻には、年頃になってもろくな見合い話が舞い込まなかった。このままでは、女癖が悪かったり博打《ばくち》好きの、難あり放蕩《ほうとう》息子を押し付けられかねないと危惧《きぐ》した親がようやく折れ、ふたりは祝言《しゅうげん》をあげることができた。

　ふたりが所帯を持って十六年、親の心配に相違して、鶴次郎は店をしっかり切り盛りし、酒の販路を横浜《よこはま》にまで広げている。やり手とさえいわれる働きぶりだ。

　ただし酒の味を利《き》くのはもっぱら麻で、酒の仲買の相手もすれば、贔屓《ひいき》の店回りもし、店の女将として鶴次郎を助けている。麻は鶴次郎とは真逆で、酒に目がなく、いくら飲んでも、機嫌こそよくなれ、乱れることはない、とんでもなくいける口だった。

　もはやふたりに店をまかせても大丈夫だと、両親が根岸《ねぎし》に隠居したのは三年前。麻と鶴次郎の一粒種の京太郎《きょうたろう》はその一年後に上方の酒問屋に十二歳で奉公した。

　麻と鶴次郎は今、住み込みの女中頭・菊、それに茶々とこげ太で暮らしている。

　昼過ぎ、麻は半纏《はんてん》を脱ぎ、前掛けを外し、道行きをはおり、唇に紅を塗りなおし、菊を伴って店に出ていくと、帳場に座っていた鶴次郎に声をかけた。

「お菊とお菜の買い物にいってまいります」

「寒いところ、ごくろうさんやな。気ぃつけてな」

鶴次郎が顔をあげて、ほほ笑む。鶴次郎は客とは江戸言葉を使うが、麻と話すときは、上方言葉がつい出てしまう。

「何か食べたいもの、あります？」

「お麻が作る物ならなんでもいいで」

「食べたいもの、いってくれればいいのに」

「なんでも美味しいからな。選べへん」

ふたりのやりとりに、客のひとりが苦笑した。

「いつまでもお熱くて結構ですなぁ。それに比べ、うちの古女房なんて、年中ぶすっとして、とりつくしまもありゃしません。まるで亭主と話をしたら損をするといわんばかりで」

鶴次郎は客に向けて軽く頭を下げ、柔らかい口調でいう。

「魚心あれば水心といいますよ。こっちが笑えば、向こうも笑う。これですよ。な、お麻」

「ええ」

鶴次郎の笑顔にでれっとして、麻は鴨居に頭をぶつけかけ、あわててよけた拍子にととと、よろけた。

「気いつけてといってるそばからこれや」

すかさず鶴次郎が帳場から走りおりてきた。鶴次郎も背が高く、鴨居はかがんで通る口だ。だが、髷《まげ》の分だけ、麻が大きく見える。というわけで蚤の夫婦と揶揄《やゆ》する者もいる。

「危ないとこやったやないか。おっと」

勢いあまって、鶴次郎も鴨居にぶつかりかけ、ひょいと首をすくめた。

「旦那《だんな》さまも、うっかりして額にたんこぶ作らないように気を付けてくださいな」

「人のこと、いえんな」

鶴次郎と麻は顔を見合わせて笑った。その様子を見ていた客がうなずいた。

「魚心あれば水心。なるほどこれですな。今日は女房に豆大福でも土産に買って帰りますかな」

「豆大福、結構ですなあ。たまには張り込んでかんざしなど見繕ってやったら、当分、優しくしてくれるんと違いますか。いくつになっても女はきれいなもんが好きですから」

「こりゃ、驚いた。酒問屋で、かんざしを勧められるとは。まさかここでかんざしも売ってるんじゃあるまいね」

客が頭をつるりとなで、おどけたように鶴次郎にいう。

「かんざしなら、小網町《こあみちょう》の骨董屋『三崎屋《みさきや》』が、店は小さいけれど、手ごろでいいものを扱っているといいますよ」

「三崎屋ですか」

「ここから湊《みなと》橋を渡ればすぐです。といって三崎屋さんの回し者ではないんですけどね」

「鶴次郎さんはお麻さんに、さぞかしさまざまなものを買ってさしあげているんでしょうな」

とたんに、鶴次郎は首をすくめた。

「そのためにも皆さんにお酒を仰山《ぎょうさん》飲んでいただかなくては。な、お麻」

「はい。ご注文よろしくお願い申し上げます」

客と鶴次郎の笑い声を背に、麻と菊は外に出た。

日は明るいが、風が強く、襟巻《えりまき》をきっちり前で合わせても、寒気が入ってくる。髪は風になぶられてそそけそうだ。

「あのお客さん、おかみさんに豆大福、きっと買って帰るわね」

「豆大福ひとつでも嬉しいものですよ」

足早に歩きながら、麻と菊は目をあわせてふふっと笑った。

世の中には男と女がいて、年頃になれば所帯を持つ。

人はどんな気持ちでこの相手と一緒に生きると決めるのだろう。

惚れてしまえばあばたもえくぼ。一時も離れたくなくなり、勢いで突っ走る。麻と鶴次郎も、そっちの口だった。

一方、親や親戚がすべてをおぜん立てし、本人同士は祝言ではじめて顔を見るということも少なくない。鶴次郎に巡り合わなかったなら、麻もそうなりかねなかった。

どちらにしても、いざともに暮らしてみたら、うまくいかないこともあれば、何も知らずに一緒になったのに相性が案外よかったりする。

残念ながら選び違えたと気づいて別れる者もいれば、子どもや世間体、別れた後の暮らしのたつきが見つからないなどの理由で踏み出すことをためらい、不仲な相手との我慢の日々を続ける者もいる。

人と人との縁は異なものだと、ぼんやりと考えながら歩いていると、ふいに菊がいった。

「お嬢さま、今日の夜は、鍋がよろしいんじゃないですか」

「昨日も鍋だったけど」

「昨日は塩味の鍋でしたから、今日は……醬油味ではどうでしょうか。白菜も葱《ねぎ》も残ってますし」

「代わり映えしないわねぇ」

このところ鍋が続いている。

「昨日は締めを雑炊にしましたが、今日はうどんで。それだけで目先が変わりますよ」

菊は材料を切って放り込むだけですむ鍋が、手間がかからず、あと片付けも楽だからお気に入りなのだ。とはいえ、毎日鍋ではあんまりだ。鶴次郎から「お麻が作る物ならなんでもいいで」といわれたばかりなのに。

魚屋で、鱈《たら》の切り身を見つけ、麻ははっと顔をあげた。

「鱈のみぞれ鍋がいいんじゃない」

「旦那さま、喜ばれますわ。大好物ですから」

八百屋にまわり、太った大根を見つくろったときに、先ほど客との話に出た骨董屋・三崎屋の女将《おかみ》・さなが通りかかった。

さなは、小柄な体でちんまりとした顔をした三十半ばの女だった。元は本所《ほんじょ》に住んでいたそうで、一年前に、三崎屋の亭主・壮太《そうた》と一緒になった。壮太は再婚、さなは子づれの初婚だ。

「今年もどうぞよろしくお願いします」

松の内は終わったが、さなと出会うのは今年はじめてだった。間が抜けているようでも、新年の挨拶《あいさつ》を交わすしかない。

早いもので、すでに、一月も半ば。明日は小正月、十五日である。

「今年も御贔屓に、どうぞよろしくお願いいたします」

忙しいのか、さなはそういってあっさりと去って行く。麻は、うつむきながら足早に歩いていく後ろ姿を見送りながら、はてと思った。

「おさなさんの目、赤くなかった？」

「この時期、この風と砂埃《すなぼこり》で、目を傷めている人、多いですからね。目病み女は冬の江戸の風物詩というくらいですから」

目病み女に風邪ひき男——目を患っている女の潤んだ目は男心をそそり、風邪をひいている男の風邪声が女心をくすぐるというので、もて男女の代名詞となっているが、麻は本当かと疑っている。風邪をひき、鼻はぐずぐず、熱でぼんやりしている男など、いつ風邪をうつされるか、気が気ではないではないか。風邪をひいたら、家で布団に入って治るまでじっとしていていただきたいし、目がぐしゅぐしゅだったらうっとうしくてたまらず、男から優しくされようがそれどころではない。

それはさておき、さなは、目の縁が赤いだけでなく、目の色が暗かった。

さなはひとりで子どもを産み、育ててきた。一見、おとなしそうだが、芯には強いものを持っている女である。

「目病みではないとしたら、何かあったんですかね。……佃煮《つくだに》、買っていきますか」

菊はそうつぶやいた。

佃煮屋『つくしん』は菊の気に入りの店だ。佃煮がうまいだけではない。五十がらみの女将のイノは情報通で、町の出来事で知らないことはない。

「あさりの佃煮一包みくださいな」

「あいよ。おや、今日は女将さんも一緒かい」

イノはたっぷりした頰《ほお》をほころばせて菊にうなずくと、後ろに立っている麻に目をやり、軽く頭をさげた。この人のよさそうな笑顔にほだされて、みな、つい打ち明け話をしてしまうのだろう。

「ようやく晴れて、よかったですね」

「雪がひどかったからねぇ」

イノは、竹皮に佃煮を包むと手早く紐を結ぶ。

「ね……さっきそこで三崎屋のおさなさんと会ったんだけどさ、元気がなさそうだったの。なんか聞いてる？」

そういった菊を、イノはふっくらした手でひょいと手招きした。顔をよせた菊に早口でささやく。

「息子の松太郎《まったろう》さんが家出したんだって」

「家出？　なんでまた……」

「家出先は本所の知り合いの長屋らしい。生まれも育ちも本所だろ……新しいおとっつぁんの壮太さんとうまくいってなかったのかね。あたしゃ、壮太さんが気の毒で。前の女房で苦労して、それからずっと、たったひとりで店を切り盛りしてきたんだ。やっとおさなさんをおかみさんに迎えて、これから少しは楽ができるだろうと思ったのにさ。その連れ子が飛び出していっちまうなんてねえ。息子ができたって、大喜びしてたんだよ。でも息子は息子で、同じ気持ちじゃなかったのかもしれないね。十二歳じゃ、ひとりで生きていくこともできないだろうに」

「十二？　まだ子どもじゃない」

「親につっかかってくる生意気盛りさ。この年頃を抜けると、大人になるんだけどね」

「そりゃ、おさなさん、辛《つら》いだろうね」

「うまくおさまってくれりゃいいけどね。はい、まいどあり」

菊はあさりの佃煮を受け取ると、麻に向き直った。

「ってことですわ」

「確かにその年頃の子って難しいかも。それに親子は血がつながっていても、面倒くさいところがあるからねえ」

麻はうなずいた。

麻の両親は、根岸に隠居しているが、年末年始は本宅に戻ってきた。正月は隠居所で過ごすといった両親を、麻と鶴次郎で説得して、なんとか帰ってきてもらったのだ。

だが動物嫌いの母親の八千代《やちよ》は、茶々とこげ太を見るなりへそを曲げ、隠居所に帰るといい出した。

自分が嫌いだとわかっていて、どうして猫を飼ったのか。猫を飼ったと、なぜ自分に前もって伝えなかったのか。嫌がるとわかっていて、正月に帰って来いとあれほどしつこくいったのはどうしてなのか。一人娘の麻に、これほどないがしろにされるとは思わなかったと、八千代は憤慨し、騒ぎ立てた。

麻と鶴次郎はひたすら頭を下げるしかなかった。

——親猫も見当たらず、やせさらばえていて、放っておいたら死んでしまう。ここで出会ったのも何かの縁。死なれたら後生が悪いと、連れて帰ってきたんです。飼ってみたら本当にかわいいんですよ。猫は三日飼えば三年恩を忘れぬといいますし。

——鶴次郎さん、恩を忘れないのは、犬じゃないの？　猫は三日で三年の恩を忘れる、のほうですよ。

ああいえばこういうで、当初は埒《らち》が明かなかったが、座敷と両親の部屋には猫を入れないということで、なんとか折り合いをつけた。だが、臆病で慎重なこげ太はともかく、好奇心旺盛で人懐っこい茶々は、興味津々で、座敷の前で待ち構え、父や母が出てくるとそのあとをつけ、隙をねらって座敷にも侵入しようとしたりする。

幸いだったのは、父の芳太郎《よしたろう》が実は猫好きだったことだ。

芳太郎は部屋に入ってきた茶々を、ひょいと抱き上げたりもした。

だが、猫に目を細めた芳太郎より、嫌いだといってはばからない八千代を、茶々は気に入ったようで、二、三日もすると自分から八千代の膝《ひざ》に乗るようになった。八千代がべたべた触ったりしないのがよかったらしい。茶々が膝に乗るたびに八千代は固まり、麻を呼ぶ。

――膝の上の猫、なんとかしなさい。

――なでてやると喜ぶわよ。

――いやですよ。獣を触るなんて。

八千代は決してかわいいとはいわなかった。

だが七草を終え、隠居所に帰る朝、父の芳太郎はこみあげる笑いをおさえながら、麻に耳打ちした。

――さっき八千代がびくびくしながら茶々をなでて、「元気でね」といってたよ。

――ほんとに？

――おったまげた。

――雹《ひょう》でも降ったりして。

――降られるわけにはいかねえや。さっさと帰らなくちゃな。

その日の午後になって本当に雹が降ったのだ。朝はきれいな青空だったのに。

親であるのも大変だが、子どもをやっているのも大変だ。

ましてや、親の都合で、突然、父親ができたとあっては、松太郎にいろいろあってもおかしくない。


夕方、麻は菊と一緒に台所にたった。まず、かつお出汁をとり、白菜はそぎ切りに、葱は斜めの薄切り、豆腐は角切り、キノコは食べやすくほぐす。鱈はひと口大に切り分け、塩をまぶし、熱湯をざっとかけて臭みをとる。大根おろしはどんぶり一杯分作った。

鶴次郎が湯屋から戻ったところで、出汁をいれた土鍋をかけ、まずは野菜と豆腐を入れる。次に鱈にさっと火を通し、大根おろしを入れてひと煮たちさせた。

「おお、うまそうやなぁ」

昆布出汁とかつお出汁、醬油と酢、柚子《ゆず》の果汁で調味したたれをお膳に並べると、鶴次郎の目が細くなった。麻特製のたれは鶴次郎の母が江戸に来た時に作り方を教わったもので、鶴次郎の好物である。

野菜や鱈を小鉢によそってさしだすや、鶴次郎はたれに手を伸ばした。

「柚子のええ匂いや」

「ほんと、さわやかですね」

鶴次郎がうなずいて、麻を見た。

「いつから柚子が好きになったんだろうな。子どものころは苦手だったのに」

「私も。青葱、シソ、ミョウガ、山椒……薬味は全部だめだった」

「親がうまいうまいといって食べるのが不思議やった。このうまさがわからんかったんだな」

「京太郎、食べられるようになったかしら」

「あいつも薬味をよけとったな」

京太郎のことを思い出したとたん、さなの顔が脳裏に浮かんだ。京太郎が大坂に行ったのはさなの息子・松太郎の今の年だった。

麻が三崎屋の松太郎が家出をした話を切り出すと、鶴次郎は箸をとめた。

「なんでまた家出なんて」

「新しい父親の壮太さんといろいろあったんだろうって」

「それ、誰がいってますねん？」

「佃煮屋のおイノさん」

「つくしんは噂話の吹き溜まりみたいなところやからな。……ふたり、相性が悪かったのかいな」

そのとき、菊が酒を運んできた。菊は別間で食べ終わったらしく、麻の横に座り、酌をしながら、決めつけるようにいう。

「壮太さん、女運が悪いんですよ。前のおかみさんは、とんでもない人でしたし」

「ずいぶん前に離縁したって、聞いてるけど」

菊は居住まいをただすと、壮太の前の女房のるいのことを話し始めた。

るいは、本所の大きな骨董屋の娘だったという。壮太はかつてその店の奉公人だった。

「壮太さん、見ようによっちゃ、なかなかの男前でしょ。お嬢さんのおるいさんが惚れて、手代の壮太さん以外の男とは所帯を持たないと駄々をこねて、それで一緒になったそうですよ」

「うちと事情がよう似てますな」

「ほんとに」

麻と鶴次郎がつきあいだしたとき、鶴次郎は手代だった。麻が十六、鶴次郎が十七のときのことだ。

「でもおるいさんには後継ぎの弟がいますから。それに、ふたりが一緒になったのは壮太さんが二十代の半ば。昨日今日手代になったばかりの、あのころの鶴次郎さんとは違い、壮太さんは商いのいろはわかっていたはずですよ」

「……なるほど」

鶴次郎が少しばかり鼻白《はなじろ》んだ調子でうなずく。手代だった鶴次郎は、麻と一緒になってから、朝から晩まで主《あるじ》の芳太郎と番頭の佐兵衛《さへえ》にしごかれつつ、商いの基礎を身に付けたのだった。

「そのまま壮太さんを奉公させて、いずれ弟の右腕にするという道もあったんでしょうけど、おるいさんは自分が弟の下になるのは嫌だといいはって、根負けした父親が三崎屋の店を開いてくれたとか。あくまで噂ですけどね」

「よく知ってるな。お菊は、うちのつくしんやな」

「そのおイノさんから聞いたんですよ」

父親は店だけでなく、近くに住まいとする仕舞屋《しもたや》も用意してくれた。

るいの実家の店は目の玉が飛び出るような根付や大名屋敷から仕入れた金屏風《きんびょうぶ》まで値の張る品を取り扱っていたが、三崎屋は町人でも手が出せるような、小物を中心に扱い、少しずつお客を増やしていったという。

「壮太さんは、店や家を構えるために、おるいさんの実家から出してもらった金を返さなくてはと、朝から晩までひとりでがんばっていたそうですよ」

「ひとりで？　おるいさんは手伝わなかったの？　好きで一緒になったのに」

「しょせん乳母《おんば》日傘で育った人ですから、店を手伝うなんてとんでもない。店には小僧ひとりもおいていないのに、仕舞屋には女中を雇い、いつも柔らかものを着て、芝居見物やら、料理屋巡りやら、実家にいたときと同じように暮らしていたとか」

「店をはじめたばかりなのに、たまりませんな、百年の恋も冷めそうや」

鶴次郎が箸を止めてつぶやく。

「そうなんです。そういうわけで、ふたりの折り合いは悪くなるばかり。おるいさん、一年たらずで実家に戻ったそうです」

麻はふんと鼻から息をはき、悔しそうにいう。

「そういう人がいるから、お嬢さん育ちは甘ったれのわがまま、役立たずとかいわれるのよ。いい迷惑だわ」

「うちのお麻とは違いますがな。……おるいさん、所帯を持つってことがわかってなかったんやな。壮太さんとふたりで生きていくって覚悟がなかったんとちゃいますか。どう考えてもアホや。しかし、そんな女と壮太さん、よく一緒になったもんやな」

菊が膝をすすめる。

「壮太さんがどういう気持ちだったかはわかりませんけどね、主から娘をもらってくれと詰め寄られたら、とても奉公人は断れませんよ。娘と一緒になるか、別の店で一から奉公をやり直すか。ふたつにひとつですから。まあ、壮太さんだって、おるいさんがアホ、いやそこまでだと思わなかったでしょうし」

「店と家はどうなったの？」

「そりゃ、もらいっぱなしにはできません。壮太さんは店と家を返し、なけなしの銭で表長屋を借り、商いを続けたんです。骨董好きだけでなく、私たちでも買える古いかんざしや一輪挿し、文箱《ふばこ》なども並べて。表長屋だから敷居が低いでしょ。娘たちはもちろん、そのへんのおかみさんまで、店をのぞくようになって、三崎屋はいいものが安いと評判をとり、五年後だったか、今の店に移ったんですよ。その間もずっと、おるいさんの親から借りた金を返し続けたとか」

「苦労したんだな。一国一城の主になったのは、壮太さんの才覚だ」

「それでやっと、壮太さんに家族ができたのに、こんなことになるなんてねぇ」

菊は小鼻をふくらませて辛らつにいう。

「心配なことやな。まあ、他人がごちゃごちゃいったところではじまりませんな」

そういって鶴次郎はごくっとつゆを飲む。

「ああ。しみじみうまい。鱈のみぞれ煮がわての好物だって、お麻、おぼえていてくれたんやな」

あっけらかんと鶴次郎がいう。そう、鶴次郎のいうように他人が口を出せるような話ではない。

「何年、鶴次郎さんの女房をやってると思いますの？」

麻は鼻をくしゃっとさせた。

「わてらは幸せやな。女房がお麻でよかった」

「私も、鶴次郎さんが旦那さんでよかった」

麻と鶴次郎は顔を見合わせてふふんとほほ笑む。

「お茶、お淹《い》れしましょうか」

菊が立ち上がりながらいう。

「頼んますわ」

「お嬢さまは？」

「もうちょっと飲みたい。旦那さまのお茶だけお願いしますわ」

菊が立ち上がると、鶴次郎は徳利《とっくり》をとった。

「ほなどうぞ」

麻の猪口に、鶴次郎がついでやる。

「師走《しわす》からこれまで、行事続きで、疲れたやろ。明日は小正月。普通の嫁はんなら実家に帰るところや。けど、麻には帰るところもあらへん。すまんな」

麻は肩をすくめた。行くところがないわけではなく、根岸には親がいる。だが、家にいるほうが麻はずっと気楽だった。

「こっちこそ。大坂《おおさか》がもっと近ければ旦那さまに、おとっつぁまの顔を見に帰ってもらえるのに。堪忍」

「ここがいちばんや。麻がいるところがわてのうちやさかい」

鶴次郎がひょいと手をのばし、麻の手を握った。

「はいはい、お茶がまいりましたよ。熱いですから、こぼしてやけどしたりしないようにしてくださいよ」

菊は鶴次郎のお膳にほうじ茶が湯気をあげる湯呑をおくと、「それではごゆっくり」と部屋を出ていった。


鶴次郎のいう通り、新年に入って麻がのんびりできたのは元日だけだった。

二日は初売り・初商いの仕事始めで、店には提灯《ちょうちん》をぶらさげ、のぼりをたて、早朝から初荷を積んだ大八車が千石屋から続々出て行った。

その日から麻は年始の挨拶に駆けまわった。例年、鶴次郎は家にやってくる年始の客の相手、番頭の佐兵衛と麻が挨拶回りをする。

七日に門松をしまい、七草粥《ななくさがゆ》。十一日の鏡割り……。一月は人が酒を飲む機会も多く、酒屋にとって、もっとも忙しい月であった。正月祝いに酒がなくてははじまらない。

翌十五日、奉公人たちはどこかそわそわしていた。

今日は早めに仕事を切り上げ、十六日は藪《やぶ》入りとなる。十五日の晩だけは門限がないので、遅くまで酒を飲み歩く者もいる。家が近ければ実家に戻る者も多い。

「政吉《まさきち》、藪入りはどうするの？」

政吉はいつも麻が連れ歩く手代だ。二十歳をふたつ過ぎたばかりだが、そつがなく、気働きができ、骨惜しみをせずに働く。

「今晩は、兄貴の家に泊めてもらいますが、明日は浅草《あさくさ》にでもいって、奥山《おくやま》をひやかそうかと」

政吉は神田《かんだ》の生まれで、父親は飾り職人だったが、父母共に早く亡くなり、係累は兄ひとりと妹ひとりだ。兄は父の後をついで飾り職人になり、神田の表長屋に住んでいる。兄は四年前に所帯を構え、幼い子どもがふたりいた。妹は昨年、同じ神田の長屋に住む大工と一緒になったという。

「奥山、楽しいものね」

奥山は娘時代、麻の庭だった。新しい見世物がはじまった、からくり人形が話題になっているといっては、女友だちと一緒に奥山に通った。そのときのお供が鶴次郎で、いつしかそっと手をつないで歩くようになったのだ。

「そういえば今、ラクダという珍しい動物が奥山で評判だってね」

先日見た読売《よみうり》を思い出して、麻は身をのりだした。

その読売には『ラクダは身の丈九尺（約二メートル七三センチ）、頭は羊に似て、うなじ長く、脚に三つ節があり、座るときは脚を三つに折る。草木類を食すが、特に大根が好みである。重い荷物を背負っても一日百里（約三九三キロ）の道を歩く。柔和にして人に慣れやすし。霊獣としての効能もあり、ラクダの尿《いばり》は救命の霊薬である』とあった。

「目当ては、それなんですよ。ラクダをひと目見るだけで、夫婦円満、家内安全、商売繁盛が叶うとか。ラクダの錦絵も買います。錦絵を貼っておくだけで、疱瘡《ほうそう》・麻疹《はしか》除《よ》けになるっていいますからね」

木戸銭三十二文を奮発すると、政吉は張り切った顔でいった。

夕方、菊と麻は、邪気を払う力があるといわれる小豆粥《あずき》を作り、奉公人全員にふるまった。その後、奉公人が座敷に集められ、小僧や手代には揃いの紺の絣《かすり》の着物、女中には柄違いの絣、それぞれに薄く綿をいれた袖《そで》なし羽織を、鶴次郎が小遣いとともに手渡した。

番頭の佐兵衛には錆納戸《さびなんど》色の綿薩摩《めんさつま》の着物と羽織。菊には灰みのある淡い青色である舛花《ますはな》色の綿薩摩の着物と羽織を用意した。綿薩摩はごく細い糸で織ったもので木綿でありながら絹よりも柔らかいといわれる高級品だ。舛花色は〝五代目市川團十郎《いちかわだんじゅうろう》〟が家芸に用い、評判になった色で、錆納戸色も通人の間で今、話題の色だった。

「一生懸命働いてもらって、おかげさまで店も繁盛しています。明日はみんなゆっくり骨休みしてきてください」

鶴次郎が挨拶をすると、奉公人は深々と頭を下げた。居酒屋に繰り出す者、実家に戻る者が急いで立ち上がる。

翌朝、残っていた奉公人たちも真新しい着物を身に着け、次々に出ていった。

冬晴れで、日差しが暖かく、風もない。

「わてらも久々に奥山にでも行くか？」

朝餉《あさげ》を終えると、鶴次郎がいった。麻は即座にうなずいた。

「いいわね。……でしたら、お菊も誘っていいですか」

菊は部屋にこもっていた。菊には帰る実家がない。十五で千石屋に奉公し、十八で嫁にいったが、二十のときに離縁し、千石屋に再び奉公し、すでに還暦だ。両親はとうに逝去し、係累は妹ふたり。それぞれ千住《せんじゅ》と新宿《しんじゅく》に暮らしている。どちらにも孫はもちろんひ孫もおり、菊を迎えるどころではない。

「お言葉に甘えて。よろしいんでしょうか、本当に」

菊は麻が選んだ新しい着物を着て、いそいそと出てきた。すっきりとした灰みのある薄青の舛花色がよく似合っている。

出がけに付け直した麻の紅にも、今日ばかりは目こぼしと決めたらしく、菊は珍しく何もいわなかった。

麻は化粧が濃く、いつも口紅をべったりと塗っている。

紅を使い始めたのは十五からで年季が入っている。その年で化粧をしている娘は少なく、大きななりのせいでただでさえ目立つのに、お麻ちゃんは紅を塗り男の目をひこうとしてる、紅なんか塗ったってお麻ちゃんになびく男なんていないわ、など陰口もたたかれた。

だが、麻は以来、誰に何といわれようと、紅を付け続けた。紅をさすと気持ちが明るくなる。憶せず、人の目を見ることができる。思ったことを口にできる。麻にとって、紅は陽気に過ごすお守りでもあり、励ましだった。

三人そろって外に出た。

亀島川《かめじまがわ》を霊岸橋《れいがん》で越え、八丁堀《はっちようぼり》をつっきり、海賊橋《かいぞくばし》で楓《もみじ》川を、江戸橋で日本橋《にほんばし》川を、道浄橋《どうじようばし》で伊勢《いせ》町堀《ちようぼり》をわたる。少しばかり千代田《ちよだ》のお城に向かって歩き、大伝馬町《おおてんまちよう》の通りに出れば、浅草御門まで一本道だ。

浅草御門は、神田川が隅田《すみだ》川に注ぐ手前にあり、浅草寺《せんそうじ》に通じるので浅草口とも呼ばれる。螺旋《らせん》状にめぐらせた江戸城の濠《ほり》の基点という人もいる。

このあたりから、人通りが増えてきた。どこかほっとした雰囲気が流れているのは、藪入りの者たちが多いからだろう。

だが、ラクダののぼりを目指した三人の足は途中で止まった。まるで蛇がとぐろを巻いているような行列が続いている。並んでいる人に尋ねると、すでに二刻（約四時間）も待っているという。

「一日がかりやな、どうする？」

鶴次郎はそういって、麻を見た。

「ゾウ見物のときのこと、思いだしたわ」

「あんときは二刻半（約五時間）ほど並んだかいな」

麻と鶴次郎が一緒になる前、奥山で遊んだ時のことだ。

「すごかったわよね。大きくて、鼻が長くて。異国には変わった動物が住んでいるとびっくりしたもの」

「異国には虎、娘道成寺もかくやというほどぶっとい蛇、一刺しで人を殺すほど強い毒を持つクモ……いろいろいるそうやなぁ」

開港してから目覚ましく発展している横浜に、鶴次郎は酒の販路を広げようとしていて、数年前から数軒の請酒屋《うけざかや》と取引を始めている。昨年の初冬には、麻も横浜に行き、異人と酒を飲み、帰り際、麻も鶴次郎も異人に抱きしめられ、動転したこともあった。

知り合った異人から、鶴次郎はいろいろ聞かされているのだろう。

横浜に行き、麻も、世の中は自分たちが知っている江戸がすべてではないと思わされた。

異国がひとつではないことも知った。麻が海の外はどれほど広いのだろうと考えるようになったのはそれからだ。ラクダ、ゾウ、蛇、クモ……麻が想像だにしたことのない珍しい生き物や、目にしたことのない織物や焼き物などがあるだろう。表立って異国の話をするのははばかられるが。

この間にも行列は長くなっている。ラクダのために一日使うのもなんだということになり、三人はしかたなく、その場をあとにした。

浅草寺に家内安全と商売繁盛を願い、鰻《うなぎ》を食べ、茶店で団子を食べた。それでもやはりラクダの錦絵だけでも買って帰ろうと、もう一度奥山に足を向けたとき、ばったり政吉と出会った。

政吉もラクダ見物をあきらめた口だった。

「独楽《こま》まわしの芸を見てきましたが、あちらも押すな押すなで。一刻（約二時間）ほど並びました。芸はすごかったですよ。扇の上を、独楽が回りながら渡っていくんですから。でもやっぱり、ラクダを見たかったな」

これから麻たちがラクダの錦絵を買いに行くというと、政吉は二つ返事でついてきた。

「これさえ持っていれば夫婦円満、家内安全、健康長寿、商売繁盛、良縁成就。願いが何でもかなう、ラクダの錦絵だよ」

口上を聞いた政吉がつぶやく。

「だとすると、ラクダが棲《す》む異国の人たちは、おいらたちより長生きなんですかね」

「そういうことになるわね」

思わず皮肉な口調になった菊だったが、錦絵を二枚も買って、ご満悦だ。

帰りは四人で柳《やなぎ》橋を渡り、両国広小路《りょうごくひろこうじ》に出た。店を広げている小間物屋などを冷やかし、気が付くと日が傾きかけていた。

「軽く食べて帰りますか。小正月に、お麻とお菊に竈に火を入れさせるわけにはいかないからな。政吉も腹がへっただろ」

鶴次郎はそういって、小網町の行徳《ぎょうとく》河岸近くの小料理屋に入った。

先日話に出た三崎屋の数軒先の店である。小料理屋の提灯にはすでに火が灯《とも》されていた。

「いらっしゃいませ。まあ、おそろいで。奥の小上りにどうぞ」

四十がらみの女将のほがらかな声が響いた。小上りには先客があった。その顔を見て、麻ははっとした。三崎屋の壮太とさなだった。ふたりに軽く頭を下げ、奥に座った。

「今日は藪入りだ。たんとお食べ」

鶴次郎は壁に張られている半切を指さす。遠慮している政吉と菊に代わり、麻は芋《いも》の煮ころがし、かれいの煮つけ、小松菜と油揚げの煮びたし、豆腐の田楽、卵焼き、小海老のかきあげを注文した。

「そんなに食べられませんよ」

「食べられるわよ。政吉は食べ盛りだし。お菊だって食いしん坊だもの」

熱燗《あつかん》のお銚子は二本。お猪口は三個。鶴次郎だけはお茶である。

政吉は最初こそ、酒で舌をしめらせたが、あとは飯とお菜を盛大に口に放り込んでいく。菊も「手を濡《ぬ》らさずに食べることほど嬉しいことはありません」と箸をとめない。

「みなさん、いい食べっぷり、飲みっぷりでございますこと」

思わずさながいった。

「千石屋さんのおっかさんと息子さんでござんすか」

壮太がそういったとたん、政吉の箸が、菊の猪口を持つ手が止まった。菊は猪口をおき、あわてて手をついた。

「とんでもない。私は女中でございます」

「おいらは手代です」

壮太が一瞬目をまるくして、噴き出した。

「いや、ずいぶん親し気になさっていたもんで。私はてっきり。千石屋さんは奉公人もみなのびのびとして闊達《かったつ》だと聞いてはおりましたが……」

麻はお銚子を二本追加した。

「一本は、三崎屋さんに」

「いけません。そんなこと」

壮太が固辞したが、麻はにっこり笑った。

「近くなのにこれまでこうしてお話しすることもできませんでしたが、今日を機会に今後、どうぞよろしくお願いいたします。それにこちらのお店は、うちのお酒を入れてくださっているんです。どうか、引き続き、御贔屓にお願いいたします。ここで飲んでいただけましたら、うちの店も儲かります。ね、旦那さま」

鶴次郎はうなずいて、よろしくと頭を下げる。

「そこまでおっしゃってくださるなら、ありがたくいただきます」

話を終えると、麻は菊と政吉に酒をなみなみとついでやった。

「お嬢さま、私の態度が図々しいと思われたのでしょうか」

「おいら、なれなれしかったですか？」

鶴次郎がふたりの肩をぽんとたたいた。

「そんなことないで。いつもどおりや。ほかの人におっかさんや息子に見えるのは嬉しいことやないか。まあ飲みなはれ」

一滴も酒を飲んでないが、いちばん酔っている風情で、鶴次郎は三人の猪口に酒をついだ。

壮太とさなが帰った後も、食べて飲んで、四人はようやく腰をあげた。

「政吉、お菊の手を引いてやれ。酔ってる」

外に出ると鶴次郎がいった。

「滅相もない。酔ってなんかおりませんよ、旦那さま」

「お菊。そういうのがいちばん危ないのよ」

日頃、酒を飲みすぎると菊にしつこくたしなめられることにうんざりしている麻はここぞとばかり口をだす。

鶴次郎がその麻の手をとった。

「お麻も少しばかり酔ってるんとちゃうか」

そこまで酒は回っていなかったが、麻は鶴次郎の目を見つめ、こくんとうなずく。

冬の夜空に浮かぶ、細い三日月が青白い光を地上に投げかけていた。鶴次郎が持つ、小料理屋から借りてきた提灯のぼんやりした灯《あか》りを頼りに、四人は歩いた。

「ええ藪入りやったな」

「うん」

麻は鶴次郎の肩に頭をのせながらつぶやいた。


翌日、麻は政吉をつれ、再び小網町に向かった。雲がたちこめて、気温もかなり低かった。

小料理屋に提灯を返し、主に今後とも千石屋の酒を御贔屓にと挨拶し、来た道を戻ろうと行徳河岸の箱崎《はこざき》橋にさしかかったとき、橋の手すりにもたれ、川を見つめているさなを見かけた。まだ昼とはいうものの、重い雲のせいで夕方のように暗く、白いものがちらちらと落ち始めていた。

さなは襟巻もせず、思案顔でたたずんでいた。船頭や荷夫の掛け声や人々の話し声が響く行徳河岸で、さなのまわりだけ、時間が止まっているかのように見えた。

「おさなさん」

麻が声をかけると、さなは弾《はじ》かれたように振り向いた。

「……お麻さん」

「降り出してしまいましたね。昨日はいい天気だったのに」

さなははじめて雪に気が付いたように、空に目をやった。麻が、小料理屋に提灯を返しに来たというと、さなは表情をゆるめて、麻と政吉を見た。

「本当に仲がよさそうで、てっきり親子だとばかり思いましたよ」

「こう見えて、政吉は頼りになる手代なんですよ」

「……こう見えて、ですか」

政吉は苦笑しながら軽く頭を下げる。

「実の息子は今、大坂で奉公していましてね」

麻はさなに近づきながらいった。

「大坂にいらっしゃるんですか？　ずいぶん遠くに」

「ええ。どうしているやら。離れているので皆目様子がわかりませんの。でも、便りのないのはよい便りと思うようにしております」

「お寂しくありません？」

「そりゃぁ、寂しいこともございます。今までずっとそばにいた子がいないんですから。でも少しずつ慣れるものですね。半年ばかりたったころから、旦那さまとの二人の暮らしもいいものだと思えるようになりました」

「御馳走様です。千石屋さんは夫婦円満、今も熱々だと評判ですものね。……まあ、雪がひどくなってきましたこと」

乾いた雪がさらさらと音をたてて髪に、肩に積もっていく。

さなははっとしたようにいう。

「どうぞ、傘をお持ちなさいませ。この降りの中、新川まで歩いたら風邪をひいてしまいます」

提灯を返しに来て、傘を借りて帰るなんて、間が抜けた話だが、雪はあたりを真っ白に染めんばかりの勢いだ。

「ありがとうございます。お言葉に甘えて、そうさせていただきますわ」

三崎屋は間口二間（約三・六メートル）のこぢんまりとした、小洒落《こじゃれ》た店だ。鶯色《うぐいすいろ》の地色に、骨董三崎屋と白抜きした軒暖簾がかけられ、店先に笹竹の植木鉢がおかれている。
店座敷の壁際に菓子簞笥《だんす》のようなものがおかれ、それぞれに、かんざし、根付、煙草《たばこ》入れなどの札がついていた。客の求めに応じて、簞笥をあけ、そこに納められているものを見せるのだ。

帳場にいた壮太に、さなが声をかけた。

「そこでお麻さんとばったりお会いして、お連れしましたの」

「それはそれは。この雪ですからね。どうぞ奥でゆっくりなさってください」

雪を外ではたいて落とし、麻は勧められるまま、店座敷に続く茶の間にあがった。政吉は壮太に断りをいれ、店の上がり框《かまち》に腰をおろした。

「昨日と今日、お会いするなんて。ご縁を感じずにはいられませんわ」

さなは茶の間で、麻に湯呑を差し出し、親しげにいった。

「つくしんの近くでもお会いしましたよね」

さなが赤い目をしていたときだ。そして今日、橋の上に立っていたさなは、川に目を落としつつも、その目に映るのは違うもののように思えた。

ひとしきりあたりさわりのない話をした後、麻はさなにたずねた。

「壮太さんと一緒になる前は、本所に住んでいらしたとか。生まれもそちらなんですか」

「いえ、目黒《めぐろ》の出なんですよ。実家は自分たちが食べるのがやっとという目黒の貧しい百姓です。十二のときに、つてを頼って、本所の筆屋に女中として奉公し、それからずっと本所におりました。二十歳で女中をやめて、その後は、書道の師匠をしていましたの。それが一転、あの人と添うことになって、こういう客商売をはじめたものですから、いまだに不慣れなことも多くて。何かお気づきのことなどありましたら教えてくださいませね」

「おさなさん、書のお師匠さんだったんですか。女中さんからお師匠さんになるなんて、珍しくありません？」

「筆屋で女中奉公をしていたとき、大女将さんが奉公人に書の稽古をつけてくださったんです。筆屋の奉公人は字がきれいでなくてはというお考えで。大女将さんからおさなは筋がいいとほめられ、その気になって、夢中になりましたの」

「たいしたものねぇ。努力家なんだわ」

「おだてに弱いんです」

だがさなの顔に浮かんだ笑みは、次の瞬間、消えてなくなった。

「……あれで満足していればこんなことに……」

かすかな声でつぶやき、さなは唇を強くかむ。顔の陰が深かった。

「立ち入ったことだったら堪忍して。……おさなさんが今、抱えられている屈託は、息子さんのこと？」

思い切って、麻は踏み込んだ。さなはみぞおちをおさえ、上目遣いに麻を見る。

「お耳に入っていましたか。噂にもなりますよね。今まで店に出ていた松太郎がいなくなっちまったんですから」

「十二でしたか、松太郎さん」

さながうなずく。

「何があったかは知りませんが、どうぞ、お力をお落としになりませんように。十二といえば、子どもから大人になる難しい年頃ですもの。実の親子でもいろいろありますもの」

そのとき、壮太が茶の間に入ってきて、少し籠《こも》ったような声でいった。

「そうじゃないんです。松太郎と私は」

「あんた、そのことは」

さなが腰を浮かした。壮太はさなの隣に座り、その膝に手をのせた。

「おさな、昨日、あの店で、お麻さんと鶴次郎さんは、奉公人と家族みたいに飯を食って酒を飲んでた。この人たちなら信用できるんじゃないか。おれたち二人で考えても、八方塞《ふさ》がり。どうしていいのか、わからねえ。けど、このままにはできない。打ち明けよう。力になってくださるかもしれねえ」

いきなり、深刻な話となり、面食らったのは一瞬で、麻の持ち前の女伊達《だて》がむくむくと頭をもたげてきた。麻は困った人を放っておけない。亭主の鶴次郎はそんな麻を、弱きを助け強きをくじく男伊達ならぬ、女伊達といっている。

「……私でお役に立つかどうかわかりませんけれど、できることがありましたらなんでもさせていただきますよ」

麻がそういうと、壮太はこぶしを握った。

「松太郎は……松太郎は私の実のせがれです。私が本当の父親です。あの子は、私とおさなの一粒種なんですよ」

麻の口がぽかんとあいた。

　壮太が前の女房と一緒になる前の話だという。本所の骨董屋で手代をしていた壮太は、近くの筆屋の女中、さなと出会い、深い仲になり、所帯を持とうと約束していた。だが、壮太は店の主の娘のるいに見初《みそ》められてしまった。

「かないませんよ。大店のお嬢さんと、女中の私なんかとじゃ、勝負になりません。この人、十から奉公をはじめたんです。骨董屋は骨董の目利きにならなければ務まりません。真面目《まじめ》な人だから、いっぱしの骨董屋になろうと、努力していたのを私、知っていました。品物の由来から持ち味などをことこまかく書いた帳面を肌身離さず持って歩いていました。知れば知るほどおもしろい。品物の本当の価値がわかるのが楽しいというのが口癖で。私も書の稽古をしていたものですから、その気持ち、わかるような気がしたんです。骨董と書と道は違っても」

　さながいった。さなは書、壮太は骨董。ともに道を究《きわ》めたいと突き進んでいた。似たもの同士、互いの生き方を認め合い、相惚れになった。

　さなが息をついで、続ける。

「もし、お嬢さんとの話を断ったら、壮太さんは店に残ることはできません。骨董商として生きていく未来も奪われてしまう。私だって、そのままではいられなかったでしょう。大店のお嬢さんから男をとった女になりさがってしまう。そんないわくつきの女中、筆屋から追い出されてしまっても文句はいえません。私たち、別れるしかなかったんです。……だから、私から壮太さんに、切り出したんです、別れましょうって。……あの子がおなかにいることがわかったのは別れた後でした」

さなは唇をかみしめた。

おなかに壮太の子どもがいると知ったとき、さなはどんな気がしただろう。

住み込みの女中を続けながら、おなかの子を産み育てることなどできやしない。孕《はら》んだからといって、貧しい実家を頼れなかったともいう。

「壮太さんに相談しようとは思わなかったの？」

「知らせてくれれば、なんとかした。なのに、こいつはひとりですべてをしょいこんで」

壮太のため息にいらだちがかすかに混じっている。さなは首を横に振った。

「心底、惚れていたから。壮太さん、いつか自分の店を持つっていっていたでしょ。壮太さんの夢は私の夢だった。余計な心配をかけて、その邪魔をしたくなかったの」

「ふたりの子どもだ。余計な心配であるはずがねえだろうが」

「あのときの私、そう思えなくて」

さなは弱々しくほほ笑んだ。

そんなさなに、子どもたちに書を教えたらどうかといってくれたのは、筆屋の大女将だったという。さなは、大女将お気に入りの女中だった。父《てて》なし子を孕んでもなお、主に見捨てることができないと思わせる、律儀で働き者の娘だったのだ。

「筆屋の店の奥を借りて、筆を買いに来た子どもたちに書のてほどきをさせてもらったんです」

優しく面倒見がいいお師匠さんだと評判になり、習いに来る子どもが増えると、近くの表長屋に移り、書を教えながら松太郎を育てた。

それはたやすい日々ではなかっただろう。さなには頼れる係累もない。たったひとりで、幼子を抱え、心が折れそうになったことだってあったはずだ。

「近所の長屋に住む人が松太郎をよく預かってくれたんです。その人がいなかったら、息子とふたり、生きてこられなかったかもしれない」

松太郎は十歳になると、奉公に出たいといった。

「せっかくなら、きれいなものを扱う店がいいといいました。瀬戸物屋か呉服屋、絵草紙屋、そして骨董屋のどれかに奉公したいといったんです」

「骨董屋？　十歳の松太郎さんがそういったの？　壮太さんのこと、知っていたわけじゃないのに」

「驚きましたよ。おとつつぁんは死んだって伝えていましたし、骨董屋のこの字も、私、口にしたことがなかったのに」

さなは筆屋の大女将に松太郎の奉公先を相談しにいったという。

「松太郎はああいったものの、奉公先はご縁ですから、こちらからあれこれ贅沢なことをいえるものではありません。ただ、しばらくして大女将さんが……」

浅草の骨董屋で人を探していると。紹介してくれたのだ。

「まあ」

二つ返事で松太郎は骨董屋に住み込みで奉公した。

「それで、壮太さんはこれまで、どうなさっていたんですか」

麻が尋ねると、壮太は表情を引き締め、口を開いた。

るいと所帯を持ったものの、心を通わせることはできなかった。

家事一切は、るいが実家から連れて来た女中まかせで、るいは娘時代同様の暮らしを続けた。昨日は芝居見物、今日は料理屋、明日は呉服屋、という具合で、壮太がかかりのことを口にすると、「金がないなら、おとっつぁんとおっかさんに頼む」といってははばからない。

「そのかかりといったら……」

借金を頼めるのは、るいの実家しかなかった。娘のしたことだからと、金は貸してくれたが、女房を押さえられないのは亭主の監督不行き届きだと責められた。

壮太が商いで帰りが遅くなれば理由も聞かずに憤り、口汚く責め立てた。新しく店を開いて、金の算段に頭を悩ましつつ、客の開拓に忙しく立ち働く壮太へのねぎらいは一切なかった。店が落ち着くまで、贅沢を我慢してくれないかと頼んでも首を縦にふらず、その年の師走、るいは実家に戻って行った。

ひとりになった壮太は、るいの実家が用意した仕舞屋と店を返し、表長屋に移り、以前にもまして働いた。

「おるいがやっとのことで離縁を承知してくれたのは、二年後でした。なぜ離縁をおるいが渋ったのか、本当のところはわかりませんが、私から離縁を申し出たというのが気に食わず、その面当《つら》てだったのかもしれません。親父さんからは、娘と別れたなら、店を開くときにかかった金も、おるいのかかりも一銭残らず返してもらうといわれて……」

「いくら娘がかわいいといっても、それじゃ、あんまりじゃないですか」

「働いて、必ず金は返すが、少しばかり待ってほしいと、それだけは頼みました。それから少しずつ借金を返し続けてきました。……おさなのことは忘れたことはございやせん。折に触れ、なぜ自分がおさなではなくおるいを選んだのか、考えました。奉公先の主の娘だから断れないというのはいいわけで、実は、店を持ちたいという欲に自分は負けたんだと思いました。だから、自業自得だと」

「そんな風にいわないで。あなたは悪くない」

膝の上においた壮太の手に、さなは自分の手を重ね、慰めるようにいった。

「合わせる顔がないのはわかってました。けれど、無性におさなに会いたくなって、そのころ、一度だけ、おさなを探しに本所に行ったんです」

そしてさなが子どもを産み、書の師匠になっていることを知った。

「子どもの年をきいて、自分の子どもに違いないと思いました。おさなはひとりで子を産み、育て、働いて……どんなに苦労しただろう。どんな思いで生きてきたのだろう。私を恨んでいるに違いない。憎まれてもしかたがない。……それでも、一度だけでいい。おさなに会いたいと思いました」

だが、そこで壮太は、さなに木場《きば》の材木屋の跡取りとの見合い話がもちあがっていると聞かされたのだという。

——おさなさん、苦労したかいがあったってもんだよ。相手は評判のいい人でね。息子も自分の子として育てるといってくれているんだって。これでようやく心穏やかに暮らせるんじゃないの？

さなの家の筋向いの煙草屋の女将さんがそういったのだ。

「おさなの幸せの邪魔をしてはならないと思いました。おさなが幸せになろうとしているのに、おさなを裏切り、借金まみれになった男がしゃしゃりでていくなんて、もってのほかだ、と」

さなはいやいやをするように首を横に振った。

「見合い話はいくつもありましたけど、私、すべてお断りしたんですよ。いい人だろうが何だろうが、私、誰とも添う気はありませんでしたから」

いたわるようにさなが壮太を見つめる。壮太はふうっと息をはいた。

「そのときに決めたんです。自分はひとりで生きていこうと。それからは借金を返すために夢中で働きました」

そして二年前、借金をすっかり返し終えた。

「足掛け十年、かかりましたが」

「本当にご苦労様でございましたね」

「これで、おるいの家とは一切、縁が切れた。そう思ったとき、私はおさなが前に住んでいた表長屋の前に行っていたんです」

すると、さなが中から出てきたのだ。

「夢だと思いました。おさなは木場で所帯を持っているとばかり思っていましたから」

「わかりましたとも。ひと目で。壮太さんだって。……でも私、知らなかったんです、壮太さんが夫婦別れをしたこと。壮太さんは女房持ちで、きっと子どももいるだろうって思っていたから。私なんか、出る幕じゃないって」

あわてて家の中に戻ろうとした。

「壮太さんが追いかけてきて、私の腕を、ぎゅっとつかんだんです。待ってくれ、おさなって。私、身体がしびれたかと思った」

――おさな、もし、ひとりでいるなら、おいらと一緒になってくれないか。

――あんたにはいい人がいるんでしょ。

――とうに別れた。それからずっとおまえのことばかり考えて生きてきた。おれが馬鹿だった。おれにはおまえしかいなかったのに。

「今になってそんなことを、いうなんてねぇ」

くすっとさなが涙顔で笑う。

さなはその晩のうちに壮太の胸に飛び込んだ。

「こいつ、怒ったり、笑ったり、泣いたり」

話しても話しても、話がつきなかったという。

さなが、骨董屋で働いている松太郎に、壮太と所帯を持ちたいと伝えに行くと、松太郎は屈託なくいった。

――おっかさん、よかったなぁ。おいらを育てるために苦労したもんな。どんな見合い話があってもうんといわなかったおっかさんが選んだ人だ。間違いないよ。……でも驚いたぜ、相手が骨董屋とは。おいらと同じ商いをしているなんて、そんなことがあるんだな。

そしてさなと壮太はようやく一緒になったのだ。

半年後には、松太郎も奉公先をやめ、壮太の店を手伝いはじめた。

「松太郎はすぐにおとっつぁんと呼んでなついてくれました。一生懸命、道具の見立てを学ぼうとする松太郎がかわいくてならなかった。昔の自分を見ているような気がするんでさ。そして傍らにいつも優しい言葉をかけてくれるおさながいてくれる。これが幸せというものかと思いました」

客から「血がつながったほんとの親子のようだね」といわれることもあった。

色白でちんまりした顔のさなと違い、壮太と松太郎の肌は浅黒い。眉が濃く、えらがはっているところもふたり、そっくりだった。

――おさなさんより、松太郎さんは、壮太さんに顔が似ている気がするよ。

――そうなんです。おいらもそう思うんです。血がつながってないのに、不思議なもんですね。

松太郎が客にそういっているのを聞いたその晩、つい、壮太は口にしてしまったのだ。

「おまえは、私の本当のせがれだ。私が実の父親なんだ、と」

とたんに、松太郎の表情が変わった。

――今、なんていった？ 冗談だろ。

――ほんとのことなんだ。今まで黙っていてすまなかった。

――実のせがれだと？ 悪ふざけはよしてくんな。

――ふざけてなどいない。

――それじゃ、これまでほったらかしにして、今になってしゃしゃりでてきたっていうのか。……おっかさんも、おいらをだましてたのか。親父は死んだっていっただろ。おいらは父なし子と見下されて育ったんだ。それがみな、嘘だったなんて。人を馬鹿にしやがって。

目に怒りをみなぎらせ、松太郎は戸を叩きつけ、出て行った。

「悪いのは私だ。幸せのあまり、調子に乗っちまった」

壮太は目をしばたたいて、うめくようにいった。さなは指で目元を押さえている。

「あの……松太郎さんに打ち明けるには早かったかもしれないけれど、いつかわかることだったんじゃないですか。ご自分をそんなに責めなくても。……お話をうかがって、おふたりが出会うべくして出会ったと感じ入りましたわ。あれこれ試練を乗り越えて、再び巡り合い、おとぎ話なら、ここでめでたしめでたしとなるところですのに。ちゃんと事情を話せば、松太郎さんもきっとわかってくれますよ。で、今、松太郎さんはどこに？」

麻は居住まいを正してふたりにいった。

松太郎が転がり込んだのは、以前、さなが住んでいた表長屋からほど近い北森下町《きたもりしたちょう》の裏長屋だという。

「私が書を教えているとき、松太郎の世話をかって出てくれた一人暮らしのおくまさんの家なんです。おくまさんも心配して、とにかく、松太郎の気持ちが落ち着くまで引き受けるからって、うちに知らせてくれて」

松太郎は居候をしながらも、大工の仕事場などをまわり、焚《た》きつけになる木《こ》っ端《ぱ》を集め、近くの銭湯に売り、売り上げはそっくり、くまに渡しているという。

「じゃ、向こうで働いているんですか」

「ええ」

「本気なんですね。まだ十二なのに」

「一本気で、これと決めたらなにがあっても押し通す気性だから……」

二度ほど、さなが訪ねて行ったものの、松太郎はその手をふりきり、もう来るなと叫んだといって、さなは涙ぐんだ。

「どうしたものかしらねぇ」

その夜、麻が三崎屋の事情を鶴次郎に話すと、鶴次郎はあごに手をやり、しみじみといった。

「一緒になるのに、長いこと、かかったんやな。おさなさんは偉いもんやなぁ」

「壮太さんだってがんばりましたよ」

「本当にそうか。壮太さん、おるいさんとうまくいったら、それまでだったんと違うか。わてらは、ふたりがもう一度巡り合って、よかったといえるけど、そんな簡単なもんやなかったはずやで。松太郎さんは、父親がいないためにいじめられることもあったやろ。おさなさんもさんざん苦労した。松太郎さんにしてみれば、壮太さんは母親と自分を一度は捨てた男だ。かちんときても不思議やない」

「確かに旦那さまがおっしゃる通りかもしれません。でも、なんとかうまくまとまる方法はないかしら。心血注いで育てた息子と、こんなことで万が一別れ別れになんかなったら、おさなさん、浮かばれないわ」

「そのためには、松太郎さんと、ちゃんと話さなければあきませんな」

鶴次郎は麻に耳打ちした。麻は大きくうなずいた。

翌朝、麻は文《ふみ》をしたため、政吉を三崎屋に使いに出した。

しばらくして、政吉はさなを伴って戻ってきた。麻とさなは茶の間で半刻（約一時間）ばかり頭を寄せて話しこみ、それから麻は口紅を塗りなおし、帳場の鶴次郎に断りを入れた。

「行きますのんか」

「はい。出かけてきます」

昼過ぎに、麻はひとりで戻ってきた。

「どないやった」

「道理がわかる、しっかりした人でほっとしました。話をしているときに、たまたま近くに住んでいる娘さんが様子を見に来て、向こうさまにも事情があることがわかりましたの。娘さんも一肌脱いでくれるって」

怪訝《けげん》な顔をした鶴次郎の耳に顔を近づけ、麻がささやく。鶴次郎の目がいたずらっぽく光りはじめた。

話が終わると、麻は胸の前で手を合わせた。

「……やっぱり、夜は旦那さまも一緒について行ってくれませんか。私ひとりじゃ心細いし、そばにいてくれると安心するし、頼りになるし。お願い」

「そこまでいわれたら、ほっておけんなあ」

といいつつ鶴次郎の顔がでれっと崩れた。

夕方、七つ半(午後五時)、鶴次郎と麻は艀《はしけ》から猪牙舟《ちょきぶね》に乗り、行徳河岸で、さなと壮太を拾った。

永久橋《えいきゅう》を過ぎると、波が高くなった。日が落ちた後の冬の風はさすように冷たい。新大橋にそって、大川《おおかわ》を渡り、万年橋《まんねん》をくぐり、小名木川《おなぎ》に入った。左に折れて六間堀《ろっけんぼり》をしばらく進んだ北《きた》の橋で、四人は舟をおりた。

さなと壮太はぴりぴりと張り詰めた表情をしていた。

六間堀と五間堀《ごけん》にはさまれた北森下町を四人は歩き、とある縦割り長屋の油障子の前で訪《おとな》いを乞《こ》うた。

「待ってましたよ」

六十がらみで、半白の頭を後ろで丸めた女が戸を開けた。くまである。

「松ちゃんはまだ。まもなく戻ってくるはずだけど」

松太郎が転がり込んだ先が、このくまの長屋だった。

麻がここにくるのは、今日二度目である。今朝、さなとふたりで訪ねて、くまとは話をつけていた。

「まあ、どうぞ中に入ってくださいな」

中はほんのりと暖かかった。竈には鍋がかけられていて、板の間には小さな火鉢がおかれている。狭いながらも、掃除が行き届いていて、枕屛風の前の行灯《あんどん》に灯りがともり、煙出し用の天窓からは月の明かりがさしこんでいる。

壮太はくまに深々と頭を下げた。

「てめえがふがいないばっかりに息子が世話になって、申し訳ありません。気持ちばかりですが」

菓子折りと半紙に包んだものをさしだした。くまは半紙の包みを差し戻す。

「お菓子はありがたくいただきますが、これは……そんなつもりでしたことではないし」

「いや、人ひとりが転がり込めば、なんやかやと物入りでしょう。些少ですが、どうぞおさめてくださいまし。持って帰るわけにはまいりません」

何度が行きつ戻りつした挙句、くまは、頭をさげた。

「そこまでおっしゃるなら遠慮なく」

松太郎は、一日かけて集めた木っ端を銭湯に売りきると、そこでお湯を浴びて帰ってくるという。

「その銭をそっくり、私に渡してくれるんですよ」

くまは小さな紙箱を奥から取り出した。蓋をあけると、小銭が入っている。

「一日働いても、ちょっぴりにしかならないのに。あの子、早起きして、一生懸命、町を回っているんです。いじらしいったらありゃしない。小さいときから性根がまっすぐで、おっかさん思いのいい子でしたよね。私はいろんな子を預かりましたけど、松ちゃんは特別」

「あのころ、毎日、預かってもらってどんなに助かったか」

「かわいくて、楽しかったんですよ。小遣い稼ぎにもなりましたし」

暮れ六つ（午後六時）を告げる鐘の音が聞こえた。

「そろそろです。戻ってきますよ」

その言葉に促されるように、鶴次郎と麻は腰をあげた。

「わてらは外におりますわ」

「外は寒いのに。どうぞ、中でお待ちくださいな」

「松太郎さんがいらしたら、入らせていただきますので」

ふたりは外に出ると襟元を掻き合わせた。

「うまくいくといいな」

「ほんとに」

しばらくして、人影が近づいてきた。ふたりはそっと井戸の陰に身を隠す。

まだ背が伸び切っていない。横顔に幼さが残っている。

油障子をあける音がして、「松太郎」というさなの声が続いた。松太郎は油障子を閉め、踵《きびす》を返そうとした。

その肩を、がっしりと押さえたのは、鶴次郎だった。

「何だよ。離せ、離せってば」

「怪しいもんやない。せっかくおっかさんたちがきてくれたんだ。話をしようや」

鶴次郎は低い声でいい、松太郎を中に押しやった。松太郎がふてくされた表情で板の間にあがると、鶴次郎と麻は上がり框をふさぐように、並んで腰かけた。麻と鶴次郎、とびきり背の高い二人が屏風のように、出口をふさいでいる。

松太郎はむっつりとだまりこんでいたが、ふっと息をはき、壮太を鋭い目でにらんだ。

「帰れ、話すことなんかねえよ。急に父親面しやがって。おれの父親はとっくに死んでんだよ」

「松太郎、話を聞いておくれ」

「おっかさん、よくも、おれたちを捨てた男と一緒になる気になったな。わかんねえよ、その気持ちがさっぱり」

そのときだった。壮太が松太郎の前に手をつき、深々と頭を下げた。

「悪かった。おまえの言う通りだ。おまえたちに辛い思いをさせたのは私だ。すまなかった」

「この人だけが悪いんじゃない。私がそうしてっていったから。おまえがおなかにいることがわかったのは、その後だったの。堪忍しておくれ」

　さなも手をついた。松太郎は唇をかみ、そっぽをむいた。壮太は続けた。

「松太郎、おれはおまえとおさなと一緒に暮らしたい。家に戻ってくれないか」

　くまがじれたように口を開いた。

「松ちゃん、帰りな。昔っからあんたは意地っ張りで、それだから、親ひとりでも曲がりもせず、まっすぐに育ってくれた。でも、ここは意地を張るところじゃない。気持ちを収めるのは大変だろうけど、松ちゃんならできる。家に帰りな。おっかさんと……おとっつぁんのいるところに」

　松太郎はくまににじり寄る。

「おいら、おくまばあさんと一緒に住みたいんだ」

「その気持ちは私だって嬉しいよ。でも……」

　そのとき、油障子があき、四十がらみの女が入ってきた。

「あ、おとりこみ……おっかさん、どうしたっての、こんなに人が……もしかして、松ちゃんのこと？」

　近所に住んでいるくまの娘だった。

「お世話になっております」

さなと壮太が頭を下げる。続いて「お邪魔しています」と、麻と鶴次郎ふたりそろって立ちあがり、会釈《えしゃく》をした。くまの娘は目をしばたたかせた。

「なんだか、長屋がよけいに小さく見えるね。……松ちゃんを迎えにきてくれたんだろ」

「そのつもりで参りましたのですが……」

「そうしてもらうと助かるよ。というのも、おっかさん、うちに一緒に住むことに決まっていて、家の造作も終わり、住み替えるばかりになっているんだ。なのに、松ちゃんが転がり込んできたもんだから、おっかさんは引っ越しをずるずる日延べしてて。決まりが付かなくて」

くまの娘はさらさらといった。

松太郎は目を見張り、くまを見た。

「松ちゃん、ごめんね。……松ちゃんが来るずっと前に、引っ越しが決まっていたんだよ。私も年だから。わかっておくれ」

松太郎は肩すかしを食らったように、呆然《ぼうぜん》としている。

麻が口を開いたのはそのときだった。

「みんな、松太郎さんが好きなのねぇ。おくまさんも、おさなさんも、壮太さんも」

「ほんまやなぁ。松太郎さんは幸せなお人や」

鶴次郎がふんわりとうなずいた。


翌朝、麻はぼ〜っとしたまま、しじみの味噌汁を飲んだ。

「お酒、残ってるんですか？」

湯呑を膳に置きながら、菊がいった。

「寝不足……」

「わてもや」

鶴次郎がぽりっとたくあんをかんだ。鶴次郎も目の下にうっすらくまができている。

昨晩、あれですんなりことは収まらなかった。それからが本番だった。松太郎がやけのやんぱちでいきがったからだ。

くまが娘と同居するなら、自分はここで、一人住まいをするといいだした。今の仕事では、長屋の店賃六百文は払えないが、もうひとつ仕事を増やせばなんとかなる、だからもう自分にはかまってくれるなと気を吐いた。

くまが親子の間を取り持とうとしても、麻と鶴次郎が道理をといても、聞く耳をもたない。わずか十二歳でひとり長屋に住むなど、麻だって聞いたことがない。こんな意地っ張りな子どもも見たこともない。にっちもさっちもいかないと、麻がついにため息をもらしたとき、今まで黙っていたさなが静かに口を開いた。

――私はおまえを、何があっても守ろうと思って育ててきた。この人だって、今、心底からおまえを大切に思っている。いつまでそうして、意地を張って、そっぽをむいているつもりだ。本当はもう、わかっているだろう。それがわからないような、朴念仁《ぼくねんじん》におまえを育てた覚えは私にはないよ。人は誰でも間違いをおかす。おっかさんだって、振り返れば、なかったことにしたい過去がある。自分から身を引いて、おとっつぁんと別れたこともそのひとつだよ。……一生懸命考えて選んだことでも、間違っていたとあとになってわかることがあるんだ。けれど、時は巻き戻すことができない。ただ……許すことはできるんじゃないか……。

――許す？

さなは松太郎にうなずいた。

――人を許す、間違った自分を自分が許してやる。悔やんでばかりでは生きていけないもの。やり損なっても生きていかなくてはならないもの。おまえに辛い思いなどさせたくなかった。おまえを守ろうといつだって思っていた。なのに、こんなことになるなんて。親として不甲斐ないよ、まったく。おっかさんもおとっつぁんも一生懸命生きてきたつもりなのに、またおまえを苦しめてしまった。でもひとつだけわかってほしい。おっかさんもおとっつぁんも、おまえを心底、大事に思ってる。許してくれないか。おとっつぁんと、おっかさんを。

そのとたん、松太郎の肩がすとんと落ち、目から涙が噴き出した。

麻は松太郎の背中をそっと押した。

――帰ろう、松太郎さん、家に。

――本当にすまなかった。もう一度だけ、やり直させてもらえないか。ふたりで骨董屋をするのがいやなら、おまえが別の仕事を探す手伝いをさせてくれ。

松太郎は顔をあげ、そういった壮太を見た。

――骨董屋がいやなわけないだろう。おれ、小さいときから骨董屋になりたかったんだ。

――そうか。

――ああ。

壮太の目が赤くなった。

――帰ってくれるね。

松太郎がようやくうなずいた。

くまは風呂敷に、手早く松太郎の荷物をまとめると、小さな紙箱と一緒に、はいと手渡した。

――松ちゃん、これからもときどき顔を出しとくれ。私はもうちょっと生きてるから、この一本裏にある娘の家、知ってるだろ。そこで待ってるから。

――この紙箱は？

――開けてごらん。

――……銭が入っている。

――松ちゃんが汗水たらして稼いだ銭だ。これは私からの餞別。戻ってくるんじゃないよ。……顔を出しとくれと言ったり、戻ってくるなといったり、私も何いってんだか。とにかく元気でおやり。

くまの目も潤んでいた。

やがて、さなが差しだした手を握り、松太郎が立ち上がった。その肩を壮太が抱いて、三人は長屋を後にした。

麻と鶴次郎が家に帰り着いたのは、五つ半（午後九時）を過ぎていた。

ずいぶんゆっくりのお帰りで、という菊の皮肉も気にならないほど、麻も鶴次郎もお腹《なか》はぺこぺこで、菊の代わり映えがしない鍋も美味《おい》しく、酒はいつもよりさらに進み、倒れこむように寝てしまったのだ。

「これで一件落着ね、三崎屋さん」

「まあ、とりあえずはな」

鶴次郎がお茶を飲みながらいう。

「とりあえずはって」

「松太郎は意気地があり、人にあれこれいわれたくない子だ。いちいち、自分で納得しなければ気が済まない。これからもいろいろありますやろ」

「そうね。親子はいろいろあって当たり前ですわね」

京太郎に会いたいと麻は切に思った。京太郎は、松太郎と意地っ張りなところが似ているといえなくもない。

――うるさい。くそばばあ――。

虫の居場所が悪かったのかちょっと注意しただけでかみついてきたのは、京太郎が十歳ころではなかったか。母っ子の京太郎の口から飛び出した思いもよらぬ言葉に、麻は呆然と氷りついた。その様に驚いた京太郎はあわてて「ばばあだなんて嘘だよ。おっかさん、ごめん」と平謝りに謝ったが、それがはじまりだった。甘えてきたかと思うと不機嫌になり、気嫌よく笑ったすぐ後に反抗的な目をしてつっかかってくる……。そんな難しい時期をやっと抜けたとほっとしたのもつかの間、京太郎の大坂での奉公が決まった。子どもが成長すればいずれは親の手を離れていく。そんなこと、重々わかっていたつもりだったが、その先に待っていたのは、京太郎を手放す寂しさとの闘いだった。一つ悩みごとが解決すれば、また一つ悩みができる。人生は山あり谷あり、ほっとする間がない。

麻はため息をつき箸を置いた。庭に目をやると、茶々とこげ太が冬の陽だまりの中で目をほそめ、丸くなっている。ふいに茶々が大きなあくびをした。

第二章　只今、売り出し中

一月末に大雪が降ったが、二月に入るとからりと青空が広がる日々が続いた。

この日、麻の友人の美園《みその》と八重《やえ》が遊びにやって来た。

美園は、瀬戸物町《せともとちょう》の煙草問屋『織田《おだ》』の娘で、同じ町の料理屋『薫寿《くんじゅ》』に嫁入りし、今は女将として、店を取り仕切っている。背が低く、ころころ太っている美園は、昔から美味しいものに目がない。

八重は同心の娘で、人が振り返るほどの美人である。娘時代は八丁堀小町といわれ、縁談話は引きも切らなかった。大身の旗本・山崎家《やまざきけ》の嫡男の龍一郎《りゅういちろう》は八重に一目ぼれしたひとりで、身分と扶持《ふち》の差もなんのそのと、反対を唱える両親を説得し、八重を嫁に迎えた。一男二女をもうけた今も龍一郎は、八重にめろめろだと評判だった。

麻は美園とはお茶とお花の稽古が、八重とはお茶と手習い所が一緒で、今もお茶会には揃って出かける上、何かといっては集まって、おしゃべりの花を咲かせている。

「鯉《こい》はその後、減ってない？」

麻が尋ねると、八重は苦笑まじりにうなずいた。

昨年の秋、八重の舅《しゅうと》・寅之助《とらのすけ》が収集している鯉が、池から次々に減っていくという珍事が起きた。寅之助は、珍しい錦鯉が売られていると聞けばどこまででも出かけていき、同好の士と品評会を催し、育て方の研究会を開き、今や江戸の錦鯉の収集家の間では、知る人ぞ知る存在で、その日常は錦鯉一色だった。

鯉の世話をしていた山崎家の女中頭・律《りつ》が責任を感じ、永代《えいたい》橋の欄干《らんかん》から身投げしようとしたのを助けたのが、たまたま鶴次郎だったという縁もあり、鯉が消える事件の解明を麻と鶴次郎が頼まれたのである。

「おかげさまで。あの一家も、我が家に立ち寄ることもなくなりました」

山崎家の屋敷裏に広がる大根畑には水路が巡らされ、木戸をへだてて、不忍池《しのばずのいけ》に注ぐ藍染《あいぞめ》川に通じており、そこに船着き場がある。川から続く石段をのぼり、その船着き場にあがり、木戸の下を通り、思うさまに池の鯉をとらえていたのは、カワウソ一家だった。

カワウソの害を防ぐために、麻と鶴次郎はただちに木戸の下を塞ぐようにいい、カワウソが休憩に使っていた石垣を壊すよう指示した。

「でもいったん、味をしめたわけですので、ぬかりなく、木戸の下など、点検しておりますの。それから、おゆきさんも正月明けに、うちから嫁に出しました」

その探索中に、下女のゆきと、舟で野菜を売りに来ていた三太郎《さんたろう》が船着き場で逢引《あいび》きしていたことが明るみに出て、それまた大騒ぎになった。奉公人の色恋沙汰は禁じられていることが多い。山崎家も同様で、姑《しゅうとめ》の怒りは、怒髪天をつかんばかりの激しさで、行き合わせただけの麻も、姑の表情のあまりの険しさに凍り付きそうになったほどだった。

だが、三太郎が真剣にゆきを嫁に迎えるつもりでいるとわかると、姑は一転、自ら話を進め、結納の日には親代わりとして駒込《こまごめ》村の三太郎の家に出向いた。大身の旗本の奥方が駕籠をしたてて、百姓の家に乗り込んだというのだから、驚き桃の木山椒の木であった。三太郎の家族は、どれほど恐れ入ったことだろう。その様子を想像するたびに、三太郎一家を気の毒に思うほどだ。

「祝言にはお姑さんが？」

「……いえ、私が。おゆきさんが、遠いところ二度も大奥様にいらしていただくのは申し訳ないっていって」

ものはいいようだが、ゆきと三太郎の祝言にあの姑がいたら、他の出席者は借りてきた猫になりそうだった。八重は超絶美形であっても、町人が相手の同心の家で育ったので、旗本に嫁いだ今も、権高のところがなく、姑よりずんとなじみがいい。

「おゆきさん、嬉しそうだった？」

「とっても。おゆきの両親と兄さんはなくなっているから、うちのあの船着き場から、舟に乗せていったの。裾《すそ》模様のある留袖を着て、頭には綿帽子をかぶって」

「素敵ねぇ」

「かなり緊張していたけど。好きな人と一緒になって、新しい家族もできて、幸せだって」

「健気ねぇ」

「私、ちょっとだけ娘を嫁に出す母親の気分を味わった気がした」

ふんわりと八重が笑った。

八重は子どものころ、麻に輪をかけた恥ずかしがり屋だった。

見知らぬ人に声をかけられただけで、すぐに顔が真っ赤になってしまう。

年頃になって、町で「あの娘が八丁堀小町よ」「きれいねぇ」というささやきが耳に入ろうものならば、八重は耳まで赤くして、顔をふせた。

そのころ紅を塗ることで、恥ずかしがりを克服した麻は、八重にもさっそく紅を使うように勧めたのだが、八重が目を輝かせたのは紅ではなく白粉《おしろい》だった。白粉をはたけば顔の赤みが目立たなくなる、と。

その八重が花嫁を引き連れ、嫁ぎ先に挨拶できるまでになったのだ。人は強くなれるものだと感心せざるをえない。

「静香《しずか》さん、来られなかったの残念ね。美味しいお弁当もお菓子もあったのに」

美園が弁当を開きながらつぶやく。集まりの時は必ず、薫寿特製の弁当を頼んでいて、女将の美園がおかずのすべてを吟味してくれる。

本日の折り箱には、白身魚の西京焼き、卵焼き、かまぼこ、花蓮根、大根煮、椎茸煮、ねじりこんにゃく、がんも、赤飯が彩りよく詰められている。

「またどなたかのお茶会だって。静香さんも大変よ。お姑さんがお茶のお師匠さんをなさっているから、年中お茶会を開いて、しょっちゅうお返しのお茶会にも顔を出さなくてはならなくて。自分の時間なんてないんじゃない」

「いずれは静香さんもお姑さんのあとを継いで、お弟子さんを引き受けるんでしょ。静香さんにはぴったりだと思うけど」

八重に美園がいい、麻と三人、うなずきあった。お菓子につられてお茶を続けていた三人に、静香は「お茶の侘《わ》び寂びが好きなのよ」といい、煙に巻いた過去がある。いずれにしても四人は長年一緒に茶室で過ごしてきたのだ。いや、実をいえば五人である。

久しぶりに、麻は小料理屋『富島《とみしま》』の娘・なおを思い出した。なおも、一緒にお茶の稽古に通っていた娘だった。富島は千石屋からほど近く、なおと麻は気が合い、中でも仲が良かった。

だが、十六になったちょうど今ころ、富島は突然店を閉じた。奉公人には暇をだし、主家族は引っ越していった。麻たちに何も告げずに、なおはいなくなったのだ。

地道に商いを続けてきた小料理屋だったが、板前がかわったせいで客が減ったとか、さまざまな噂がたったが、本当のところはわからない。一家の行き先を知る者もいなかった。

弁当を食べ、しゃべりつくすと、美園と八重は急いで帰って行った。美園には店があり、八重には旗本の嫁としてしなくてはならないことがあり、それぞれ忙しい。

麻も千石屋の半纏を着て店に出た。

「ごめんなさいね。すっかりお店をおまかせしてしまって。でもおかげさまで、楽しゅうございました」

「笑い声がここまで聞こえてましたで。美園さんと八重さんとの付き合いは何年になるんや？」

帳場にいる鶴次郎が顔をあげていった。

「六つの六月六日からですから」

古来、六つの六月六日は習い事を始める日とされている。

「ええ友だちやな。十年ひと昔どころやあらへんがな」

「十年でも二十年でも、過ぎてみればあっという間でございますがな」

隣でそろばんを弾いていた番頭の佐兵衛がぼそっとつぶやく。

まもなく還暦の佐兵衛にしてみればそうなのかもしれないが、十年前といえば麻は二十三、二十年前は十三だ。鶴次郎と恋仲になり、祝言をあげ、京太郎を授かり、大坂に手放し、親は隠居して……。

振り返ればそのどれもが昨日のことのようにも思えるが、やはりずいぶん時がたったと思わずにはいられない。

それでもいつか、すべてひっくるめて、佐兵衛のようにあっという間といえるようになるのだろうか。それも少しばかり、惜しいような気がした。

「息抜きした分、午後は気張って働いてや」

「おまかせくださいませ」

麻はきゅっと前掛けをしめ、店に入ってきたお客に「いらっしゃいませ」と声をかけた。


数日後の午後、麻が店に出て、酒の仲買の相手をしていると、ひとりの見慣れない、同年配の女が入ってきた。

千石屋は酒問屋で、小売りはやっていない。つきあいの長い客がほとんどで、新しい客も誰かの紹介であることが多く、ひとりでふらっと入ってくる客は滅多にいない。まして女客は珍しい。

女がちらちらとこちらを見ているような気がして、麻は自分から声をかけた。

「何かお探しですか」

びくっと女は動きをとめ、振り返った。その表情がふっとゆるむ。

「お麻ちゃんよね。……すぐにわかった。背がこれだけ高い人、他にいないし、それに……」

女は自分の唇を指さし、紅、とつぶやく。女の弾むような口調が心地よい。くりっとした目と笑顔に見覚えがあった。

「もしかして……おなおちゃん？」

「わかった？」

「わかったわよ。その目と声、変わってないもの」

「あれから……十七年か。お麻ちゃんは家付き娘だから、お店に来れば会えるとわかっていたんだけど、敷居が高くてさ、もう一度会うまで、こんなに長くかかっちゃった」

「元気そうでよかった」

先日、美園と八重とおしゃべりをしたときにふいに思い出した、小料理屋・富島の娘のなおだった。

以前は、鞠のようにぷりぷりとした娘だったが、目の前にいるなおは、ずいぶん、ほっそりしていた。

麻はなおの腕をとった。

「何も言わずに、急に越していったから、どうしたんだろうって、ものすごく心配したのよ。よく来てくれたわね。さ、上がって」

「お邪魔じゃない？」

「そんなわけないでしょ。積もる話もあるし、でもどこから話せばいいの？」

ふたりの声は帳場にも聞こえていたらしく、鶴次郎は察しよく、「どうぞごゆっくり」とほほ笑んだ。

茶の間の火鉢の脇の座布団に、茶々とこげ太が丸くなっていた。

「あら、猫を飼っているの？　かわいいわね」

二匹ははっと顔をもたげ、知らない人が苦手なこげ太は、麻となおと入れ替わりに、そそくさと出て行った。人なつっこい茶々は麻の足元にまとわりつき、なでてやると、また元の座布団に戻って丸くなった。

「あの人が拾ってきた猫なのよ」

「帳場にいたあの人でしょ。えっと、なんていう名前だっけ」

なおが身を乗り出す。

「鶴次郎」

「そうそう、手代の鶴次郎さんだ。やっぱり一緒になったのね」

「その節は、いろいろ相談にのっていただき、ありがとうございました。おかげさまで、なんとか添うことができました」

麻がいちばんはじめに鶴次郎のことを打ち明けた友だちは、なおだった。

鶴次郎と一緒になる一年ほど前のころだ。あのころ、上の者や客にも評判がよい鶴次郎のことをうとましく思い、鶴次郎が下戸であることをあげつらって、からかう奉公人がいた。

その日、麻は、鶴次郎が数人の奉公人に蔵の陰で羽交い締めにされ、蕎麦猪口《そば》になみなみついだ酒をさしだされ「飲んでみせろ」と迫られている現場に行き合わせた。たったひとりを大勢で取り囲み、いやがることをやれと強いるなんて、人の風上にもおけないと、麻は憤慨し、その蕎麦猪口を奪い取り、「かわりに私が飲んであげる」といって飲み干した。

だが、鶴次郎は麻をにらみつけ、叫んだ。

――自分の始末は自分でつける。お嬢さんが出てくるな。

そして、麻の手から蕎麦猪口を奪い、自分で酒を注ぎ、あれほどいやがっていた酒を三杯続けて飲み干して、ひっくり返ったのである。

麻は自分の何が鶴次郎の癇《かん》にさわったのか、わからなかった。よかれと思ってやったことなのに、きつい言葉を投げつけられたのも悔しくて、なおに「頭に来た」とぶちまけたのだ。だが、なおからは意外な言葉が返ってきた。

――いい男じゃない。男気があるわよ。私、そういう男、好き。

麻と鶴次郎が手をつなぐ仲になったと、最初に打ち明けたのも、なおだ。

――乙に素敵。鶴次郎さん、お麻ちゃんのこと、きっと本気よ。

なおはそういって、麻の背中を押してくれた。

小料理屋の手伝いをしていたなおは、おませでちょっと大胆でもあった。

「お麻ちゃん、お子さんは？」

「息子ひとりなの。今、大坂の酒問屋で修業中でね。当分、戻ってこないのよ。そちらは？」

なおは首をふった。

「私は、まだ所帯もかまえてないの」

「そうなの？　いちばん先に嫁入りしそうだったのに」

「私もそう思ってた。いいなという男があらわれても、長続きしなくてさ」

屈託なく、なおは笑う。

「お茶がいい？　それともお酒にする？」

「どうしようかしら」

「酒問屋に来て、お茶ってことはないでしょうよ」

すぐに菊が、こんにゃくの白和《あ》え、豆腐の田楽、きんぴらごぼうなどが少しずつ盛り付けた豆皿と、徳利と盃を盆に載せて運んできた。

酒でときどき唇を湿しながら、ふたり、話が止まらない。

美園、八重、静香の近況を麻が語り終えると、なおは大きくうなずいた。

「偉いわ。ちゃんと嫁いで、家を守って、母親になって。しっかりしているわよ。まあ、八重さんと静香さんはそうなるってわかってたけど。美園さんが薫寿の女将さんとはねえ。仕切りがうまく、食べるのが大好きだったから、ぴったりかもね。……私は男の人に興味を持つのは早かったんだけど。きっちり納まって落ち着きたいって、思わなかったからなあ」

そうだった。娘時代、八重や静香ができるだけいいところの息子と一緒になりたいと思っていることは、何も語らずともわかった。一方、なおは恋したがりで、やたらに惚れっぽかった。八重や静香が少し先の未来を見ているとしたら、なおは目の前にある今だけを生きていた気がする。麻と美園はその中間というところだろうか。

なおの一家はあれから、四谷《よつや》に越したのだという。

「新川を離れるなんて思ってもみなかったんだけど、新しく雇った板前が奇をてらったものばかり作って、店から客が離れちゃったのよ。おとっつぁん、その板前が自分にはとても作れないような手の込んだものをこしらえるから、はじめは喜んでいたんだけどね。仕入れに銭がかかるのに、客が来なくなって、金繰りが苦しくなって……。やっぱり、あの板前にはやめてもらうしかないと引導を渡そうとした寸前、その男と姉さんが二人で出奔しちまって」

「いい仲になってたの？」

「そういうこと。その男だって自分のせいで店が傾いたってことはわかってたはずだからさ。お払い箱にされるくらいならって、出て行ったんだと思う。姉さんもあんまりよ、そんな男と。おとっつぁん、がっくりきちゃって。……一度離れた客は戻ってくれないし、もうにっちもさっちもいかない。ぐずぐずしていたら借金は増えるばかり。今なら、少しは銭が残るって、思い切って店を売っちまったの」

そして半年後、父親はなんとか四谷にもう一度店を開いた。

「なけなしの銭で、店を借りたの。四谷はここいらより、店賃がずいぶん安いから」

「大変だったわねえ。やっぱり小料理屋さん？」

「ううん。一膳めし屋。板前はおとっつぁんひとり、お運びも雇わず、母親と親子三人、夢中で働いて、小銭をためて、五年前にはその店を買ったのよ」

店の名前は以前と同じ富島だという。

「偉いわね。大したものよ」

「小さい店なんだけどね」

「……姉さんはどうなさってるか、わかっているの」

「それが……帰ってきたの。ほんの一年前に。その板前と子ども三人も連れて」

姉家族は出奔後、新宿に住んでいた。たまたま四谷に用事があり、富島という看板を見つけた姉夫婦は、父母に詫《わ》びをいれ、義兄は今、父親とともに再び、板場に立っているという。

「新宿の料理屋でにいさんは働いていたっていうんだけど、自分一人の力で店を持てるめどが立たないと思ったんでしょうね。自分の作りたいものではなく、客が食べたいものを作ることがわかりました、姉さんと逃げて申し訳なかったって、おとっつぁんに神妙な顔で謝って。人のいいおとっつぁんは、孫可愛さに、ころっとほだされて。だったら、うちを手伝ってくんな、って。そんな簡単なことだったの？って感じ。あれからほんとに大変だったのに」

この時ばかりは皮肉な口調で、なおはいった。

「いろんなことがあったのねぇ。もっと早く訪ねてきてくれたらよかったのに」

「夜逃げみたいに出ていっちゃったんだもの。ばつが悪くてみんなに合わせる顔もないし、この土地に戻ってきて、昔のことを思い出すのも、少しばかりつらいし」

「今日はわざわざ出て来てくれたの？」

「まあ、ついでがあって。それにちょっと……お麻ちゃんに聞きたいこともあって」

なおは背筋をぴんと伸ばした。十七年という歳月を乗り越えて、なおがやってきたのは、昔話をするためではなさそうだった。麻は気を引き締めながら、膝を進めた。

「昨年の秋ころから、月に二度ばかり、うちの店にくる男がいるの。四十手前の苦み走った、なかなかいい男で、いつもぱりっとした格好をしているんだ。言葉には鶴次郎さんみたいな上方なまりがあってね」

「もともとが上方なんじゃない？　……もしかして、おなおちゃん、その人とつきあってるの？」

何気なく、麻は聞いた。なおはぎくっと目を細める。図星であった。

「なんでわかった？」

「わかるわよ。そうでもなきゃ、そんなとろけそうな顔して話さないでしょ」

今年に入って手を握られたのだという。なおの頬が、ほんのりと桜色に染まった。

「毎回、次に来る日を耳打ちし、待っていてくれというの」

来れば、またなおの手を握り、会いたかったとささやく。師走までは月にやってくるのがせいぜい二度だったのに、一月は四回、今月はまだ初旬だというのに、三度も顔を出した。

「四谷あたりに仕事をつくって、おなおちゃんに会いに来てるのね」

なおがたぶんねとうなずき、目を麻に戻した。

「それでね、三月の中旬には大坂に帰るというの。そのときに一緒に来てくれないかって」

「一緒に来てくれって、大坂に？　所帯を持ってくれってこと？　ちょっと待って。三月中旬って、間もなくじゃない」

麻は声をあげた。茶々の耳がぴんと立ち上がる。

「急すぎるでしょ。悪くないとは思っているけど、店でちょこっとしゃべるだけ。こんなんで一緒になっていいものか、決められなくて」

男は、新川の下り酒問屋『播磨屋《はりまや》』の番頭だという。麻は驚いて目をしばたたいた。

「播磨屋さんの番頭さん？　うちと同業じゃない。お店もすぐそこ。知ってる、なんてものじゃないわよ。新川をはさんで、うちの斜め向かいだもの。しっかりした商いをやってる店で、本店が大坂、江戸の店は出店なの。こっちの店を切り盛りしているのは大番頭さんで、それを番頭さんが何人かで支えているはず。四十手前で播磨屋の番頭さんになったとしたら、相当のやり手よ」

「……久次郎《ひさじろう》という人なんだけど……知らない？」

「顔を見ればわかると思うけど……。ねえ、外で逢引きは？」

なおは眉をよせて、顔をしかめ首をかしげた。

「つきあいっていったって、うちの店の中だけ。向こうは奉公人だからねえ」

麻は頬に手をあてて考え込んだ。店にいるとき、なおには、お運びという役割がある。人の目もある。久次郎を憎からず思っていても、ゆっくりおしゃべりなどできはしない。自分がなおだったら、これだけのことで久次郎について大坂に行く決心がつくだろうか。後ろ髪をひかれながらも、二の足を踏んでしまう気がした。

久次郎は、そんな女心もわからない男なのだろうか。ちょっと話をしただけで、上方で所帯を持つことを女が決意できるとでも思っているのだろうか。

いや、当世、年などいくら重ねても、女心がわからない男なんてごまんといる。大店の番頭になった男だって、例外ではない。

男なんて所詮、そんなものだという女も多い。相手がどんな男でもしかたがないと割り切る女もいる。八重や静香ら武家の娘たちは、親や親戚、あるいは知人がおぜん立てをしてくれた男と一緒になるのが自分の宿命だと受け入れていた。

麻は、娘時代、「絶対、心から好きと思える人と一緒になろうね」と、なおと誓い合っていたことを思い出した。

「やっぱり、ちょっと性急すぎる気がする。いきなり所帯をって。その前に何とかして、おなおちゃんを外に連れ出し、もっと話をするとかしそうなものじゃない。ご両親には、このこと、お話ししているの？」

なおは首をすくめた。

「教えてないよ。まだ打ち明けるのは早いって久次郎さんがいってるし。打ち明けたのはお麻ちゃんだけ。第一、おとっつぁんとおっかさん、私が大坂に行くなんてこと、反対するに決まってる。いや、しないか。姉さん夫婦が戻ってきて、おとっつぁんは今、有頂天だし。……実は、ちょっと気になることもあって」

一瞬、なおは言葉を濁した。

常連客のひとりが、久次郎には気をつけろといったという。

「気をつけろ？　番頭さんの何に？」

「それがよくわからないの。だから、同業者のお麻ちゃんに心当たりがないか、聞きたいと思って」

大坂の本店に戻ることが決まっている番頭に、仕事で悪い噂などあるはずがない。女にだらしないとか、博打にのめりこんでいるとか、それもなさそうな気がする。

「……旦那さまなら、何か聞いてるかも。ちょっと待ってて」

麻はなおを残し、帳場に行った。だが、鶴次郎の姿はなかった。

「旦那さまは、政吉を連れ、お客様と団子屋に行かれましたよ」

顔もあげず、佐兵衛が言う。

「お客様って、『吹田屋《すいたや》』さん？」

「へえ。甘党で下戸同士、酒問屋と酒屋の主が毎度、団子屋で商いの話をしているとは、巷《ちまた》の人は思いもしませんでしょう」

吹田屋の主も酒の匂いだけで酔う口であった。

「だったら佐兵衛でもいいや」

「でも？」

佐兵衛が軽くにらむ。佐兵衛は一見、好々爺《こうこうや》にしかみえないが、地獄耳で、獲物を鋭い爪で捕まえる鷲《わし》のように、麻の言葉尻までとらえて逃さない。

佐兵衛は、鶴次郎に、商いのいろはを仕込んでくれた千石屋の陰の大黒柱だ。

父の芳太郎が隠居するときに自分も一緒に隠居するといったのを、麻と鶴次郎で「佐兵衛がいてこその千石屋だ」と必死に慰留し、店に残ってもらった。「私ではなく、佐兵衛がいれば店は安泰というわけだ」と、芳太郎がぷりぷりとすねたのは、そのときである。

麻は佐兵衛の言葉を聞き流して、話を進める。

「播磨屋さんの久次郎さんって番頭さん、いるでしょ？」

「おりますね」

「どんな人？」

「なかなかの男前です。久次郎さんがどうかしましたか」

「今度、上方に戻るみたい。聞いてない？」

「よほどのことでなければ、ほかの店の番頭のことまでは、私らの耳までは入ってきませんよ」

「播磨屋さんの商売はどうなの？」

「特にいいとも悪いとも……。つまりは順調ということでしょう」

「江戸店の番頭が上方に戻るってことは、ご出世かしらね」

「播磨屋さんは本店が上方ですから、そうとも考えられますな」

佐兵衛は石橋を叩いて壊さんばかりに慎重な性質で、憶測だけでものをいうことがなく、その分、言葉に重みはあるが、話はおもしろくない。

「何か思い出したことがあったら、教えてちょうだい」

「お役に立ちませんで。……あ、お嬢さま、真っ昼間から、調子に乗って酒をすごされませんように」

佐兵衛と菊は、麻が生まれる前から奉公していて、三十三の大年増《おおどしま》の女をいまだに「お嬢さま」と呼ぶのをやめない。いくら「御新造《ごしんぞう》さま」と呼ぶようにと頼んでも、年寄りだから直らないとはねつける。だが、年寄りだからというのは方便だ。お嬢さまといい続けているのは、そのほうが麻に小言をいいやすいからに違いなかった。

番頭の佐兵衛が久次郎のことをなかなかの男前だといったと伝えると、なおは少しはにかんだように笑った。

見た目がいいというのは、男女に限らず、得だと思わざるを得ない。それだけで感じのいい人に見えたりもする。

「噂の類《たぐい》はこっちには何も聞こえてないみたい。……ところで、気をつけろって、おなおちゃんにいったお客って、どんな人？　その人がおかしいとも考えられるんじゃない？」

「週に一度、ご飯を食べに来てくれる人なの。うちの店の酒はその人の店から仕入れているのよ。だから変な人じゃないわよ。人の悪口なんかいうの、聞いたこともなくて」

「酒の仲買だったら、うちともおつきあいがあるかもね」

「ずっと前から続いているお店だよ。でも、おかみさんが七年前、子どもふたり残してお産でなくなったんだって。それからは独り身で、おっかさんに手伝ってもらいながら、子どもを育てているんだって。ようやく夜、たまには子どもをおっかさんに預けて出てこられるようになったって、三年前から通って来てくれているんだ」

「独り身で二人の子どもを育ててるの？　たいしたものねえ。……もしかして、おなおちゃんにその人、横恋慕しているんじゃない？　焼き餅でいったとか？」

けらけらとなおが声をあげて笑った。

「そんなんじゃないわよ。そんな気なんてないない」

その仲買の店は『岩倉《いわくら》』、名は守之助《もりのすけ》だという。

やがてなおは腰をあげた。

「もう少ししたら旦那さま、帰ってくると思うんだけど。行先は団子屋だから」

くっと、なおが噴き出した。

「確か、鶴次郎さん、酒はからきしで、飲んだらひっくり返る質《たち》だったわよね」

「よく覚えていてくれたわね。そうなの。団子屋で長っちりなんて、まるで娘っ子みたいなんだけど、鶴次郎さん、団子屋と甘味処が大好きで……」

「旦那さまが下戸なのに、お麻ちゃんがここまでいける口とはねぇ」

「おなおちゃんだって相当じゃない？」

茶の間には空《から》になった徳利が五本ほど並んでいる。なおも、麻同様、すいすいと盃をあけ、顔色ひとつ変えない。

「夜も店をやってるの？」

「うん。昼と夜の両方。今日は昼、おっかさんに頼んじゃったから、その分、夜は働かなくちゃ。うちの芋の煮っころがし、美味しいのよ。今度、食べに来て」

「ぜひ伺うわ」

やっとのことで再会したのに、なおが大坂にいったら、また会えなくなる。なおの幸せがそこにあるのかもしれないが、麻は寂しさを感じずにはいられなかった。

鶴次郎はそれから間もなく、団子の包みを土産にぶら下げて帰ってきた。

菊と佐兵衛を呼び、茶の間で団子をふるまいながら、自然になおの話になった。店の帳場には、佐兵衛にかわり鶴次郎が座っている。

「富島ってお店、覚えてます。急に店をたたんで。そうだったんですか。おなおさん、あそこの娘さんだったんですか。よく遊びにいらしてましたよね」

菊がつぶやく。

「よかったですな。店が再興できて。おとっつぁんもおっかさんもご苦労なさったことでしょう。自分の店をもう一度持つという気持ちが支えだったんでしょうな」

「おなおさん、店の手伝いをしてきたんですか。……それで婚期を逃しちまったんですね。自分が家を離れたら、誰かを雇わなくてはならない。それで店が立ち行かなくなるかもしれない。そう思ったら、惚れた腫れたなど、いってられませんものね」

菊はそういって、上に載ったあんこをこぼさないように、団子をぐいっと頬張る。

佐兵衛は団子が喉につまらないように、一口食べてはお茶で流し込んでいる。

菊は続ける。

「姉さん夫婦が戻ってらしたのは、よかったですねぇ。でも、おなおさん、思うところ、おありになるんじゃないですか。ゆくゆくは姉さんの婿が板場をしきることになるんでしょう。板前なんですから。ってことは姉さんが女将さんになるわけで、おなおさんが最初から支えてきた店を、姉夫婦にとられちまうことになる。自分の居場所がなくなるような気持ちになってらっしゃるんじゃないですか」

佐兵衛がうなずく。

「親の苦労は子知らず、といわれますが、逆もありますからな」

「親にしてみれば、三人で身を寄せ合って生きてきたわけで、おなおさんを頼りにした分、甘えもありますでしょ。自分たち夫婦と同じ気持ちでいるに違いないとおなおさんの気持ちなどないがしろにしたり、ついきつい言葉をかけたりしてしまいかねない。これからおなおさんは正念場ですね。おなおさんに、いい人がいればいいのに」

久次郎のことを口にしたわけではないのに、菊はそういった。そのとき、佐兵衛が麻をじろりと見た。なおと久次郎に、何か関係があるのかもしれないと気が付いたような表情をしていた。

夜、お膳を囲みながら、麻は鶴次郎に、播磨屋の久次郎について尋ねた。だが、鶴次郎もよく知らないという。

「あっこはみな、大坂から来た奉公人ばっかり。大番頭の下に番頭が四人もいて、しのぎをけずっているようやで」

「うちの番頭は佐兵衛ひとりなのに。四人とは」

「番頭とひと口にいっても仕事の中身が店によって違いますからな。うちは番頭の佐兵衛は帳場にど〜んと座っていますやろ。ですが播磨屋では、外回りも番頭の仕事だそうでっせ」

千石屋では外回りをしているのは、お麻と政吉たち手代だ。酒の仲買や、定期的に注文や要望を聞いて酒屋をまわるのが、外回りである。

「江戸店の番頭が大坂に呼び戻されるのは、本店の番頭になるってことかしら」

「……普通に考えればそうなるやろ。大抜擢や」

なおに大きな酒問屋の本店の番頭の女房の座が待っているなら、何も心配はなさそうだ。ただひとつ、心配の種は岩倉の主がこぼした言葉だった。

「四谷の岩倉って仲買を知ってます？」

「岩倉？　ああ、確か、三代目やで。うちとはつきあいも長い。政吉が月に二度、顔を出してるはずや」

「そんなに長く御贔屓いただいているお店なの？　それなのに知らなかったなんて。私もまだまだだわ」

「お麻に外回りを頼んでいるのは、日本橋、八丁堀、京橋、湯島、両国広小路あたりまでやから。そっち方面の店は知らんでもしょうがないがな。で、岩倉がどうかしたんか？」

「おなおさんの店の富島が、岩倉さんから酒を仕入れているんですって。今度、私も政吉と一緒に、そのあたりをまわってみようかしら。帰りに、富島に寄るのを楽しみに」

「お麻が訪ねて行ってくれたら、向こうの店も大喜びや」

そのとき、菊が食後のお茶を盆にのせて入ってきた。

「はい、お茶をどうぞ。お嬢さま、四谷は遠いですからね。帰りのことを考えて、お酒はほどほどになさってくださいよ」

とたんに、麻の口がとがった。麻は、何が嫌いって、菊と佐兵衛が頭ごなしにいう「酒を飲みすぎるな」の一言である。その言葉を聞くだけで、麻の気持ちがずんと滅入ってしまうのだ。

「わかってますよ、子どもじゃないんだから。政吉もついてくるんだし」

「いや、心配やな。私も行くわ」

途端に、麻から不機嫌な表情が消え失《う》せ、代わりに笑みが顔中に広がった。

「嬉しい。旦那さまと一緒なら楽しさ二倍だわ。せっかくなら朝から行きましょうよ。山王《さんのう》神社のお参りをして、赤坂《あかさか》や麻布《あざぶ》の仲買の店にも顔をだしましょうよ」

ふてくされたり大喜びしたりで忙しいが、麻は大真面目だ。

「赤坂や麻布の仲買の店で、近頃、注文が減ってるところがあってな。ちょっと顔を出さなくてはならないと思っていたんや」

「ようございました。旦那さまがご一緒なら安心です。でも旦那さまはお嬢様に甘々でございますから、……手綱《たづな》をしっかり握って、時には厳しくいってやってくださいませ」

菊は一気にいうと、ぴしゃりと障子を閉め、出て行った。

「もう、お菊ったら。人を暴れ馬みたいに」

鶴次郎がくつくつ笑い出す。

「かなわんな、お菊には」

「旦那さまのことを甘々なんていってましたよ」

「かわいいお麻に、厳しくなんかできるかい」

障子の外から、すかさず、んんっという菊の咳払《せき》いが聞こえた。

とはいえ、主がすぐに店をあけることもできず、麻と鶴次郎が政吉を供に、四谷に出かけたのはそれから五日後のことだった。

風はあるものの、穏やかな日差しが降り注いでいる。

最初に目指したのは、山王神社こと、山王権現である。鍛冶橋《かじばし》御門を渡り、曲輪《くるわ》内を横切り、日比谷《ひびや》御門を渡る。しばらく大名屋敷の塀に沿って歩くと、長い坂に出た。

「この坂は潮見《しおみ》坂というんです。一本南には三年《さんねん》坂がありまして、そこで転ぶと三年のうちに死ぬといわれているんです」

政吉が坂を上りながらいう。鶴次郎はぎゅっと眉をひそめた。

「くわばらくわばら。縁起でもない」

「たとえ転んでも、三度、土を舐《な》めて仏様に安泰を祈願すれば無事だそうで」

「そういわれても、万が一転んだら、気持ち悪いやないかい」

鶴次郎には妙に験をかつぐところがある。特に幽霊、妖怪の話には滅法弱く、鶴屋南《つるやなん》北《ぼく》の『東海道四谷怪談』など、いくら麻が誘っても絶対に見に行かない。この世ならぬものは信じていないとうそぶきつつ、その実、誰より信じているのだ。

潮見坂を上ると、その名の通り、江戸湾がぐるっと見えた。そこから、山王権現社の表門はすぐで、三つの鳥居をくぐり、三人でお参りをすませた。

次に山王門前にある仲買の『日吉屋《ひよしや》』を目指した。このところ注文が減っている店のひとつだった。

「ごめんください。千石屋でございます」

日吉屋は間口三間（約五・四メートル）の店で、鶴次郎の声に、帳場にいた店主・福《ふく》太郎《たろう》があわてて店先まで出てきた。日吉屋とは先代からのつきあいだ。福太郎は五十手前の小柄な男だった。

福太郎は、一瞬、麻を仰ぎ見て、目をせわしくしばたたいた。麻の背の高さに改めて驚いたらしい。

「これはこれは、鶴次郎さんと女将さん、おそろいで」

「いつも政吉がお世話になっております。一度、御挨拶にうかがわなくてはと、本日、出張《でば》ってまいりました」

鶴次郎が腰をかがめる。

「遠いところをわざわざ。ま、どうぞ、座敷におあがりください」

福太郎はそういうと、三人を奥に案内した。

店の脇の土間を通り抜けると、奥の蔵から、手代と小僧が大八車に酒樽を積んでいるのが見えた。二斗樽を三つばかり、大八車に縛り付けている。

「こちらのお得意様は大名家だと聞いております」

座敷は八畳ほどで、床の間にほころびかけた梅の花が飾られていた。福太郎は鶴次郎にほほ笑みかける。

「ご覧の通り、町家はこの一角だけでして、あとは見渡す限り大名家ばかりですので」

「お相手がお武家さんだと、気をはることも多いのではないですか」

「はあ。ですが、幸いなことにみなさま大身でございますから、代金をとりはぐれることはございませんで」

麻は、差し出された湯呑をとり、口を湿らせた。ずいぶん、歩いたので、お茶が甘く感じられる。

「ご注文が今年に入ってから減っているようでございますが、何か不調法でもございましたでしょうか」

鶴次郎がそう切り出すと、福太郎の目が泳いだような気がした。

「いえ、そんなことはございません」

「と申しますのも、昨年の一月のご注文と比べましても、半分ほどにまで減っておりますので、これほど減るのも珍しい。何かこちらに不手際があったのではないかと案じておりました」

「……いえ、そんなことは。ただ少々、注文が……大名家も、内証は苦しいようで」

しどろもどろに福太郎が答える。

「そうでございましたか。それぞれのお家の内証が苦しく、うちの酒の注文が減ったと。なるほど。商いにはいいときも悪いときもございます。ですが、どうぞ、機会あるごとに、うちの酒を皆様にお勧めくださいませ。何かありましたら遠慮なく、政吉に申し付けてくださいませ。できることはさせていただきます。今後とも末永くおつきあいをお願いいたします」

鶴次郎は頭を深々と下げ、その店をあとにした。

武家屋敷にはさまれた道を歩いて、三人は今度は麴町《こうじまち》の『松風屋《まつかぜや》』を目指す。

「蔵から運んでいたのは、うちの酒ではありませんでしたね」

麻は鶴次郎にいった。

「麻も気が付いたか」

「ええ。帰るときにも、別の大八車に酒樽をのせていましたが、それもうちとは違う酒樽。……志《し》ら梅《うめ》でした」

「播磨屋さんが扱ってる酒やな……何か聞いているか」

鶴次郎が振り返って、政吉に声をかける。

「いえ、何も。日吉屋さんはお武家相手ですから、うちの剣菱《けんびし》をずっと御贔屓にしてくださっていたんですが……」

政吉は悔しそうに唇をかんだ。

「松風屋さんも一月の注文が減ったそうやな」

「へえ。こちらは三割ほど減りまして」

「三割……大きいな。松風屋さんのお客は平川町《ひらかわちょう》、山元町《やまもとちょう》、麹町一帯の料理屋や居酒屋だったか。この辺、一帯が不景気なんてことあるかいな」

顎に手をやってうなった鶴次郎に、麻は声をかける。

「旦那さま、次の店では、奥ではなく、店先で御挨拶をさせていただきましょうよ。店の様子を見ればわかることもあるかもしれません」

「せやな。それがいい」

鶴次郎は麻にうなずいた。

松風屋の主はしきりに座敷にどうぞと勧めたが、それをやんわりと断り、鶴次郎と麻は店座敷の上がり框に、政吉は土間の客用の腰掛に座った。

店頭の棚に、雪柳と早咲きの水仙を活けた水鉢が飾られていた。

「いいお店ですこと」

麻がそういったとき、客が入ってきた。

「いらっしゃいませ」

手代がすかさず、客の相手をする。麻は松風屋の主に、小声でたずねた。

「どんなお客様ですか?」

「料理屋のご亭主です」

主がどこか居心地悪そうに麻に答えた。

客は手代と話しはじめた。

「この間の酒、評判がよかったよ。まだあるかい?」

「ございます」

「ちょっと味を確かめさせてもらおうか」

手代は酒樽から柄杓《ひしゃく》でちろりに酒をうつし、猪口に注いだ。客はきゅっと猪口を傾け、「ん、上等だ」とうなずいた。

麻はすっと立ち上がり、料理屋の亭主の隣に立った。

「ずいぶん大っきいね、姐さん」

「はい、すくすく育ちまして。……私も、お味見をお願いできますか」

「姐さん、飲める口かい？」

「ええ。少々」

手代が振り向いて主の顔色を確かめたのがわかった。

「いただけます？」

「へえ」

手代があわてて麻に猪口を差し出す。

麻は匂いをかぎ、口に含み、舌で味わい、鼻から抜ける香りをかぎ、喉を伝う感触を確かめる。麻はにっこりと料理屋の亭主にほほ笑んだ。

「美味しいお酒ですこと。少し甘口ですが、後口がすっきり」

「いい飲みっぷり、いい女っぷりだ」

「ありがとうございます」

やがて料理屋の亭主は、二斗樽を二樽、注文して帰って行った。

次の客も、その次の客もその樽の酒を試飲した。

「志ら梅がこれほど人気とは、私、知りませんでした。一人勝ちでございますね」

麻がいうと、主ははっと目をそらした。麻は畳みかけるようにいう。

「志ら梅、確かにいいお酒でございます。でもうちの酒は、味、香り、のど越し、すべて負けてはおりません。それなのに、どうして志ら梅ばかりが」

「女将さんは利き酒もなさるんで」

うかがうように主は言った。普通、酒樽には酒の名が書かれている。だが、店におかれた酒樽には何も書いていなかった。播磨屋から届いた酒を、無名の酒樽に入れ替えたのだろうか。

「ええ。一度飲んだお酒の味はなぜか覚えてしまうんですの。お正月に、播磨屋さんに御挨拶にいくと、毎年、この志ら梅を御馳走になるんですのよ」

利き酒は麻の特技といっていい。

「それにしても、志ら梅がこれほど売れているとは」

麻はため息をつく。鶴次郎がその肩に手をのせ、話をひきついだ。

「今日、寄せていただいて、勉強させていただきました。流行《はや》っているものを知らないなど、商売人として失格でございますな。……松風屋さん、これからもよろしゅうお願いします。うちの花筏《はないかだ》、そして剣菱。味には自信がございます。どうぞ、みなさんにお勧めくださいませ」

「こちらこそ、千石屋さん、これからもどうぞおつきあいのほど、よろしくお願いいたします」

主はほっとしたように、頭を下げた。

店を出て、麹町の通りを四谷御門に向かう。

「志ら梅がどうしてこないに。……けど、うちの売り上げの落ちてるのは、ここいらの酒仲買ばかりや」

「へえ。ほかの町では売り上げは、あがってこそすれ、減ってはおりません。それが不思議で……志ら梅は上等な酒ですが、値段もいい。本来、そうそう数が出る酒じゃないんですよ」

「うちの剣菱と同じくらいの値段やろ」

「へえ。変わりません」

「志ら梅は馥郁《ふくいく》たる香りといい、水のように喉を通るなめらかさといい、上々吉。安酒とは味わいが全く違いますからね」

そういった麻を見て、鶴次郎は肩をすくめた。

「酒飲みはこれだ。他の店の酒だってのに、手放しでほめよる」

「お客の気持ちはそういうものだって話ですわ。その味わいに銭をだすんですよ。でも、同じ値段なら、私は絶対剣菱です。すっきり辛口で、香り高くて、飲み飽きることがございません。たまには志ら梅もよろしいけど」

岩倉は四谷御門からすぐの四谷伝馬町《てんまちょう》にあった。

「政吉さん、待ってたぜ」

三十半ばの主が気さくにいった。

麻と鶴次郎が頭を下げると、岩倉の亭主は守之助と名乗り、目じりに皺をよせて、人懐っこくほほ笑んだ。

なおに、久次郎には気を付けろといった男である。

鶴次郎と麻に挨拶するや、政吉に紙を渡していった。

「剣菱二斗樽を八樽、花筏を七樽、なるべく早くお願いします」

「毎度、ありがとうございます。明日、お届けいたします」

鶴次郎は、守之助を見つめ、思い切ったようにいう。

「少し売り上げが落ちているようですが、……もしかして安い酒が出回ってますかいな」

守之助が目を見開き、うなずく。安い酒？　なんのことだろう。麻はかたずをのんで、次の言葉を待った。

「ご存じでしたか。年明けから、急に。困ったことに、これがとてもうまい酒で。……こんなことが長く続くようだったら、うちの店も苦しくなります」

守之助はそういって、鶴次郎を見返した。

「志ら梅ですな」

はっと守之助が息を呑む音がした。鶴次郎は表情をかえずに続ける。

「……こちらさんも、その志ら梅を扱ってらっしゃるのでは？」

店には志ら梅の酒樽も並んでいた。

「はい。ですが、今はまったく動きません。うちの酒は安くは売れませんので」

「同じ志ら梅でも、安く売れるものと、売れないものがあるのですな」

守之助が苦い顔でうなずいた。

麻がなおの幼馴染《なじみ》で、これから富島に行くというと、守之助は自分が案内するといって、一緒に店を出た。

「おなおさんと千石屋の女将さんが幼馴染とは驚いたな」

「お茶の稽古で一緒だったんですよ。六歳から十六まで、十年も」

「おなおさん、お茶なんてやってたんだ。それに、もとは江戸のど真ん中の小料理屋だったとは。何を食ってもうまいわけだ。四谷で一から出直す親を助け、おなおさん、苦労したんですね。なのにいつも明るくて。おなおさんの笑顔を見ると、疲れが飛ぶんですよ」

守之助は先を歩きながらいった。

時刻は八つ（午後二時）を過ぎていた。

「富島では、昼めしの時間が終わると、夜めしは七つ半から（午後五時）。その間に、おなおさんは家に戻って洗濯物をとりいれたり、掃除したり、買い物をして過ごすんだそうです。だから、もしかしたらいないかも」

「それなら、おなおちゃんに会えるまで待たせてもらいますわ。そのときは申し訳ありませんが、守之助さんもおつきあいお願いできます？」

「もちろんです。直接、話したいこともありますし」

そのときだった。通りの向こうになおの姿が見えた。男と二人連れだった。

「あ」

守之助が言葉を呑み込んだ。なおは連れの男を見つめ、嬉しそうにほほ笑んでいる。目鼻立ちの整った男だ。男は少しばかり眉間《みけん》にしわをよせていた。

「おなおちゃん」

麻は声を張り上げ、手をふった。気が付いたなおは、笑顔で走ってきた。

「来てくれたの？　四谷、遠いのに。旦那さまも？　……でもなんで守之助さんが一緒にいるの」

行き過ぎる人をかき分けるように、麻の前に飛び出してきて、なおが矢継ぎ早にいった。

「おなおちゃんに会いたくて、出てきたのよ。せっかくなので守之助さんのお店に御挨拶にうかがって、それで、富島屋まで案内をお願いしたの」

「まあ、お手数おかけしちゃって」

後ろから追いかけてきた久次郎が、怪訝そうに鶴次郎と麻を見た。

「……千石屋の……」

鶴次郎は久次郎に向き直った。

「へえ。播磨屋さんの久次郎さんですな。正月に酒問屋の寄合いでお見かけして以来ですか。いやいや、今日、わてら、この界隈《かいわい》の酒仲買さんの店をまわりながら、こちらに参りましたのですが、……驚きましたわ。播磨屋さんの志ら梅、えらい人気で」

みるみる久次郎の顔が青くなった。

「来月には上方の本店の番頭にご出世とか」

「なぜ、それを」

「うちのお麻とおなおちゃんが幼馴染で。大したものでおますな。向こうに戻られても、どうぞお手柔らかにお頼み申します」

鶴次郎の視線をそらそうとした久次郎の前に、麻が出た。

「千石屋の麻でございます。播磨屋さんの志ら梅、松風屋さんで味見させていただきました。美味しいお酒でございますね。目の前で、続々と注文がございました。さぞかし、播磨屋さんは笑いがとまらないことでございましょう。私もつい、志ら梅を買いしめたくなってしまいましたわ」

「これ、お麻。千石屋の女将が何をゆうてる。お麻はほんまの酒飲みで。千石屋が播磨屋さんの酒を買い占めたら笑いものになりますがな」

鶴次郎が麻をたしなめる。それを機に、久次郎は一礼した。

「それでは……」

逃げるように立ち去っていく。

「久次郎さん、どうしたの？」

追おうとしたなおの腕を、麻がきゅっと握った。なおが振り返る。

「お麻ちゃん、どうかしたの？」

「話があるの。大事なこと」

真剣な面持《おもも》ちの麻の顔をみつめ、なおの体から力が抜けていく。

「何の話？」

「往来で話せることじゃなくて」

麻はあたりをみまわした。暖簾がかかっている蕎麦屋を指さす。

「あそこ。どう？」

「うまい蕎麦を出す店ですよ」

守之助がいった。

「行こう」

麻は、なおの腕をとったまま、暖簾をくぐった。白い湯気が店にたちこめている。飯時を外れているので、中に客はいなかったが、麻たちがあがると小上りはいっぱいになった。

「お酒をお願い」

麻は座るなり、いった。

「志ら梅、ございますよ」

お運びの女に、麻は首を横に振る。

「他には？」

「地物ですと、万彩《まんさい》、東海《とうかい》、青山《あおやま》。少し値がはりますけれど、花筏も」

「花筏をお願いします。とりあえず、二合」

「かしこまりました。……あら、守之助さん」

お運びの女は守之助の顔を見て、首をすくめる。

「やだ。背が高い女の人にばかり気をとられて、守之助さんに気がつかなかった」

「花筏を卸しているのはうちだが。近頃、志ら梅の酒仲買を替えたかい？」

守之助は表情を消していう。

「すんません。私は何にも知りませんで」

きまり悪そうに頭を下げた女に、海苔、かまぼこ、卵焼き、天ぷら、蕎麦寿司と、麻は景気よく注文する。

女は奥に引っ込むと、すぐにちろりと猪口をもって戻ってきた。

守之助は腕を組んだまま、にこりともしない。

なんとはなく不安が胸に湧き上がってきたのか、次第に、なおが落ち着かなくなってきた。

「どうしたの？　お麻ちゃん。何かあった？」

麻は運ばれてきたちろりを持ち上げた。

「おなおちゃん、飲んで。飲まなきゃ、話、できやしない」

なおはいぶかるような目になった。すっと、自分の猪口をわきにすべらせた。

「素面《しらふ》で、聞くわ」

挑むようになおがいう。

「わかった。じゃあ、私も素面で話す」

麻は、久次郎が、播磨屋の酒・志ら梅をこのあたりの仲買に、法外に安く卸していると切り出した。

酒に限らずなんでも掛け売りの世の中なので、集金はお盆と大晦日の年二回と決まっている。だが、久次郎は正月すぎから、志ら梅を、現金払いに限って、半値で売り、大商いをしていたのだ。

「富島さんにも、志ら梅、安く入っていない？」

「ええ。だから安く出せて、お客さんも大喜びで……それがどうかしたの？」

なおは、目を細めた。

「買う側からしたら、そうよね。でも、下り酒は船で上方から運んでくる。地物と同じ値で出せるわけがないのよ。まして志ら梅は上等な酒。そんな値で売れるわけがない。……富島さんはどちらの仲買から志ら梅を買ってるの？」

麻は畳みかけるようにいった。なおは気まずそうにうなだれる。

「前はずっと岩倉さんだったんだけど、今は志ら梅だけ、松風屋さんに頼んでいるの。岩倉さんの志ら梅は前と同じ値段、松風屋さんのは安いから。背に腹は代えられねえって、おとっつぁんが。……ごめんね、守之助さん」

「半値じゃ、勝ち目がねえや。この蕎麦屋だってそうだ」

苦々しい表情で腕を組んだ守之助に、鶴次郎が聞いた。

「岩倉さんでは、現金売りだと安くするという久次郎さんの申し出を断りなはった。なんでですか、守之助さん」

「何かきなくさく思えたからでさ。限られた店で、売り方を変えるなんて重大なことを、番頭さんが店先で申し出てすますわけがない」

「でも、番頭の久次郎さんがそういっているんだから。実際、現金売りを引き受けたお店もあるわけだし」

動揺を隠そうとしてなのか、なおの口調がつっけんどんになる。

麻は、日吉屋や松風屋の亭主たちの居心地のわるそうな表情を思い出した。それぞれの亭主はもちろん、播磨屋の番頭・久次郎を信用しているのだろう。だが、どこか後ろめたさが残る。二重価格を設定するような真似《まね》を、大店の播磨屋がするわけがないと、心のどこかで疑っているのだ。

だが、安く仕入れたとしても、播磨屋からの金の受け取り証をもらえれば、そこで商売は成立する。正規の商いの証拠である受け取り証があることで、どの店の主も自分を納得させ、現金売りの志ら梅を引き受けたのではないか。

久次郎はそれだけ巧みに主たちの心の隙間に入り込んだのだ。

――いつもお世話になっているので、お宅だけ特別にお安く……。

――ちょっと儲けていただける美味しい話でござんして。

久次郎がそう切り出したとき、気持ちがぐらっときて、話に乗りかかったと、守之助でさえいっていた。

「もしうちの店で、現金売りは半値と決めたら、私か旦那さまが一軒一軒訪ねて行って話をしてまわります。そんな大事な話は番頭にだってまかせられない。あるいは、酒仲買を集めて、みんなの前で発表します。何より、値引きをこの界隈の仲買に限ったりしない。こっちの店ではこの値段、あっちの店では前の値段。そんなこと、やっていたら、信用にかかわりますもの」

「播磨屋さんと千石屋さんの商いの仕方が違うってだけの話じゃないの。仲買に受け取り証だって、ちゃんと出してるんでしょ、播磨屋の名前で」

「受け取り証なんて、出そうと思えば、いくらだって出せるわよ。番頭だったらできる。金額を書いて、店の名前を書いて、印判をおせばいいだけだもの」

麻の言葉が、なおの虚をついたようだった。なおは混乱したように、何度かまばたきをした。まばたきをするたびに、なおの瞳の色が変わった。不安、懸念、疑い……さまざまな感情があらわれては消える。やがてなおは麻を見た。

「……久次郎さんが店には、内緒で、勝手に現金半値売りをしたってわけ？　店から酒を横流しして、その代金を自分の懐に入れてるっていうの？」

麻たちが思っていたことを、すぱっとなおは口にした。なおはこう見えて、地頭がよく、昔から知恵がまわる子だった。

「だったら、久次郎さん、馬鹿じゃない？　そんな悪事に手を染めて、どうするつもりなの？　番頭にまでなった人が？　これまでの苦労がふいになるのに。……あの人、来月、上方に帰るって言ってるのよ。それって出世だって、お麻ちゃん、この間言ったよね。本店の番頭って地位が目の前にぶらさがってるのに、そんなこと、する？」

なおの声が怒気をはらんでいく。まだ久次郎を信じたいという気持ちがその中にこめられていた。

「播磨屋さんの江戸店の番頭は四人いて、久次郎さんは昨年、手代から番頭にあがったばかりだ。一番下の番頭が、上の三人を飛び越えて、いきなり本店の番頭って、そんな話がありますやろか……聞いたこと、ありまへんで」

鶴次郎が淡々というと、なおは口を手で押さえた。やがてぽつりとつぶやいた。

「嘘だっていうの？　……なんでそんな嘘をついて。私をだましたっていうの」

「おなおちゃん、守之助さんの話を聞いてほしいの。ちょっと辛いかもしれないけど。守之助さん、二月の初めに、新宿の縄のれんでおかしなことを聞いたんだって」

なおは麻の顔を見上げた。

「おかしなことって、久次郎さんのこと？」

守之助がうなずいた。

「自分の隣で渡り中間《ちゅうげん》連中が話をしていたんですよ。負けがこんでにっちもさっちもいかなくなっちまってる男がいるって。酒問屋の番頭で男の名は久次郎だ、と」

　武家の草履取りや荷物持ちをしながら、家々を渡り歩く渡り中間は、金はないが暇はあり、屋敷の長屋で博打場を開く者が多かった。

「いい男だから、ひっかけた女を一度は売っぱらって、借金取りから免れたが、今度はどうなることか。いざとなりゃ、店の酒に手をつけるか、また女をひっかけるかだろうと、連中はいってて」

「店の酒に手を付けるか？　女をひっかけて売る……わ、私を売るつもりだった？」

　なおの顔がひくついた。

「……いや、そんなこと……いやそうかも。おなおちゃんなら、いい女だから高く売れる」

「売れるですって！」

「……あ、そういうつもりじゃ」

　目を白黒させた守之助を、なおは露骨に嫌な顔でにらんだ。

「守之助さん、よくもそんな大事なこと、黙ってくれておいでだったね」

「だから、気をつけろっていったじゃ……」

「私が売られたらどうする気だったのよ。でも待って。三十三にもなってんだから、高く売れるわけなんてないじゃない。売るならもっと若い子をひっかけるんじゃない？ってことは私を女房にしようっていうのはほんとだった？」

「おなおちゃん、落ち着いて」

麻がなおの肩を抱いた。ぐずっとなおが洟《はな》をすすりあげる。

「上方にいったら、文楽を見に行こう。京《きよう》の都も歩いて回ろう、真っ黒い汁じゃないうどんをたべさせてやる……なんていってたのに。信じられない。久次郎さんがそんな悪党だったなんて。私をだましていたなんて。……ほんとの行先は上方じゃなかったんだ。……一等馬鹿はこの私だ」

なおは急に気が抜けたように、壁に寄りかかった。

守之助がなおの猪口に酒を注いだ。

「飲みなよ。おなおちゃん」

「飲みなはれ」

鶴次郎も麻についでやる。

「おれもいただきますよ。おやっさん、お酒もう一本追加して」

守之助が奥に向かって叫ぶと、主の声が返ってきた。

「飲んでください。花筏はお宅から仕入れた酒だから、なんぼでも」

「まったく調子だけはいいんだから」

守之助は低い声でつぶやき、なおの猪口にまた酒を注いだ。

むっつりと酒を飲み続けるなおを見ながら、人を恋い慕う気持ちを打ち消すのは、どんな場合であってもたやすいことではないと、麻は思った。守之助はそんななおに、黙って酌をし続けた。

そろそろ腰をあげなくてはと、締めの蕎麦を頼んだ。麻となおはもり蕎麦、鶴次郎はあられ蕎麦、守之助はけんちん蕎麦である。

ふたりしてはふはふいいながら食べている守之助と鶴次郎を見て、なおは突然、ふっと笑った。

「江戸っ子なら、こういうときはもりじゃない？」

「わては上方生まれですから、かまわんといてください」

鶴次郎が即座にいい返す。

「おれも親父も、じいさんも、そのまたじいさんも四谷生まれ。江戸っ子ならぬ、江戸のはずれっ子だから好きなもんを食べていいんだよ」

守之助もしれっと答える。

「あっつい蕎麦を汗を拭きながら暑っ苦しくすすりあげて……おかしな男たち」

「冬はあったかいのがいいんだよ。冷たいのを無理して食べるより」

守之助は目元をゆるめて、なおを見返す。

「ほっとしたよ。なんとかして、おなおちゃんにいわなければと焦ってた。……おなおちゃん、あんなやつのことなんか、忘れなよ。江戸には男がたんまりいるんだ。おなおちゃんなら、もっといい男が見つかるに決まってら」

「本当に？」

「見つかるさ。放っておかないって」

「請け合う？」

「ああ。おれが太鼓判を押す」

なおはじっと考えこみ、やがて襟元を直し、背筋を伸ばした。

「齢《よわい》、三十三。好きで年増になったわけじゃござんせん。親の手伝いをして、これまで一生懸命働いて生きて来た、只今売り出し中の女でござんす」

「いよっ、おなおちゃん。いい女だね」

守之助が叫んだ。泣くまいと見開いているなおの目からひと筋の涙がこぼれ落ちた。

帰りは、麻と鶴次郎二人して駕籠となった。歩きは政吉ひとりである。いくら酒が強いといっても、麻もいい調子になっていたし、鶴次郎も酒の匂いだけで顔が赤くなっていた。

帰宅して、すぐに三人は播磨屋に向かった。

播磨屋の江戸店の大番頭に、一連のことを打ち明けると、店は大騒ぎとなった。

四谷界隈で行われていた、志ら梅の半値現金売りは、やはり播磨屋のあずかり知らぬことだった。

すぐさま、帳面と蔵の在庫を確かめ、正月以来、四谷界隈の酒仲買で、志ら梅の仕入れがいつもの二倍から三倍に増えている店があることがわかった。その売り上げの多さから、日吉屋、松風屋、志鎌屋《しかまや》……など五店で、志ら梅の半値現金売りが行われたと推測された。

久次郎を問い詰めるときに、麻と鶴次郎に同席してほしいと頼まれ、ふたりは播磨屋で夜が更けるまで待ったが、久次郎は戻ってこなかった。

そんなこんなで、帰宅したときには、四つ（午後十時）を回っていた。

麻と鶴次郎は熱いほうじ茶を飲み、へたりこんだ。身体はくたくただが、頭が冴えてすぐに布団にもぐりこむ気にはなれない。

「借金取りに簀巻《すま》きにされて、大川にどぼんなんてことないよね」

「それはないやろ。久次郎は頭の回る男や。私らが守之助さんと一緒にいたのを見て、すべてがばれたと、久次郎は即座に悟ったんだよ。志ら梅のおかげで、ずいぶん懐は膨らんでるだろうし、それを持って、今頃は東海道《とうかいどう》じゃないのか？」

「癪に障る。真っ正直に商いをしてるものが馬鹿を見て」

「結局、悪銭、身につかずといいますがね」

話を聞いていた菊がぼそりといった。麻がため息をもらした。

「おなおちゃん、大丈夫かな。三十三でこんなこと……こたえるよね」

——姉さんが帰ってきて、家の中に自分の居場所がなくなったような気がしていた。そのすきにつけこまれたのかもしれない。

帰り際になおは、そういった。

年を重ねるごとに、若さのきらめきは失われていく。そのかわり、落ち着きと安定が生まれ、やがて諦念が少しずつ増えていくものだと、麻は思っていた。

けれど、誰もがいくつになっても、心のどこかに熟していない青いものを抱えているのではないか。

それが良い目に出ることもあれば、悪い目に出ることもある。

ふっと菊が鼻で笑った。

「心配はいりませんよ。こんなことで、三十過ぎの女がへこたれるもんですか。好き嫌いもさることながら、これからの身の振り方を考えて、その久次郎とやらと添うてみようと、おなおさん、賭けをしかけたんですよ。でもその賭けに負ける前に勝負から下りられた。ですから、むしろ今頃、ほっとなさっていますよ」

菊は身も蓋もなく言い切った。菊はちゃっかり話をすべて聞き出していたようだ。

「で、どうなんですか。……その守之助さんという人」

「守之助さん？　ふたりの子持ちやで」

鶴次郎が苦笑した。

「子持ちで結構じゃありませんか。おなおさんを助けたい一心で、口にしにくいこともいってくれた。その上、現金売りを即座に断った。今時珍しい真っ正直で、男らしい人ですよ。おなおさんも、情の厚い親孝行な人ですから、おふたりはぴったりです」

「お菊もそう思う？　私もいい感じだなって思ったの。おなおちゃんに、守之助さん、ずっと黙ってお酌をしてあげてぃたし」

「わてもお酌してましたで、お麻に」

「うん。嬉しかったわ。それで私、守之助さん、おなおちゃんのことが好きなんじゃないかなって思った」

菊がくすっと息をもらす。

「誰かと遠ざかれば、別の誰かと近づく……失えば得るんです。おなおさん、今度はうまくいきますよ」

麻と鶴次郎は顔を見合わせた。

「失えば得るか。いい言葉ね。私は旦那さまがいてくれれば幸せだけど」

「せやなぁ。わても麻がいればええ」

菊は腰をあげた。

「結構なことで。それでは私はお先に休ませていただきます」

夜は更けていく。二月の夜闇の中に、ふっと梅の花が香った。

数日後、守之助のところに外回りにいった政吉から報告が届いた。

播磨屋は、日吉屋、松風屋、志鎌屋など、久次郎の口車に乗って志ら梅の半値現金売りを引き受けた酒仲買との商いを一年、停止することとし、岩倉には大番頭自ら、謝罪に出向いたという。

風があたたかくなり、日に日に昼が長くなっている。

新川に春霞がたなびいた朝、鶯の初鳴きが聞こえた。

第三章　それにつけても

その日、菊は麻のお供で、浅草の瑞照寺《ずいしょうじ》にいた。

瑞照寺は浅草寺の二天門からほど近くにある、千石屋の旦那寺だった。江戸の初めに開かれた由緒ある寺で、境内《けいだい》に多くの樹木が植えられている。

池のそばに植えられた門かぶりの松の枝から、雀《すずめ》が飛びおりてきて、鳴き声をたてた。と、次々に雀が続き、菊が撒《ま》いた青米をついばみだした。

青米は食用にはならない未熟な緑色の米だ。菊は米を研ぐたびに、取り除いた青米を缶に保存し、毎朝、千石屋の庭にやって来る雀に撒いてやっている。

菊は行先が瑞照寺と聞かされた時から、缶を持参しようと決めていた。瑞照寺には雀のねぐらとなる木があることを知っていた。

「ずいぶん、たくさん集まったわね」

何十羽という雀が境内の一角にかたまって青米をついばんでいるのを、麻は驚いたように見つめた。

「雀は用心深いものですけど、一羽、下りて安全だとわかると、次々に下りてくるんですよ」

寄り添いあっている雀がいれば、鳴きあい、羽を広げて場所争いなのか、言いあうように威嚇《いかく》しあい、喧嘩を始めるものもいる。そしてそんな二羽を、落ち着けとなだめるように、ちゅんちゅんと鳴き続ける仲間の雀もいる。

「お菊はほんとに、雀が好きよね」

「姿が真ん丸で、足をそろえてぴょんぴょん跳ぶ様子もかわいいでしょう。これで雀はなかなか頭がいいんですよ。うちに来る雀も、一羽一羽、顔もしぐさも性格も違いましてね、私の顔を覚えているんです」

「雀の性格までわかるの。え、お菊には見分けがつくの？」

「ええ。久しぶりに来た子に、元気でよかったと声をかけると、返事を返してくれたりもしますよ」

「……」

「人と同じで、不愛想な雀もいて、それもまたおもしろいんですよ。茶々とこげ太を飼い始めてからは、雀をとられないように、まだ猫たちを外に出さない時刻に餌をやっていますが、それも三日で雀たちは覚えてくれました。さ、掃除をしなくては。大女将さんがいらっしゃる前に、お墓のまわりをきれいにしないと」

「そうだそうだ。ぼんやりしている暇はない、と」

早春のことで雑草はほとんどなく、ふたりで手際よく、一族の墓のまわりに箒《ほうき》をかけた。それぞれの墓石にも水をかけて磨き、花入れもきれいに洗い終えたとき、鶴次郎があわててかけつけ、それからまもなくして麻の母・八千代と父・芳太郎が女中のチカを伴い、根岸の隠居所からやってきた。

二月二十日は、二十六年前に、二歳で亡くなった麻の弟・長一郎《ちょういちろう》の月命日であった。

芳太郎は隠居してから八千代とともに、月命日にも墓参りに同行するようになった。麻も店が忙しい盆暮れは別にして、長一郎のお参りをかかさない。

「あの子が生きていたら……どんなに頼りがいのある男に育っていたか。この年月、過ぎるのが早いのか、遅いのか、おっかさんにはわからない。長一郎、どうぞ、私がそちらに行くまで待っておくれ」

墓に花を飾り、線香をもくもくと焚き、八千代は手を合わせ、いつものように心の内を口にして、長い時間拝んだ。

菊は、長一郎の隣の先々代の女将・えいの墓にも手を合わせた。菊を雇ってくれたのは八千代ではなくこのえいだった。

呉服問屋の娘である十八歳の八千代が芳太郎に嫁いできたのは、菊が二十五歳のときである。八千代は、口やかましく、融通のきかないところがあり、女中として仕えるのはなかなか大変だった。先代のえいが大様《おおよう》だったので、何ごとにも細かい八千代に、面食らった女中は菊だけではなかった。

八千代が何をどうしようと思っているのか、先回りして考えて動かなければ、ご機嫌を損ねてしまう。読み違えれば「お菊は、気が利かないこと」とあくまで口調は優しく、中に固くとがったものを含んだ声でいわれてしまうのだ。

だから、八千代が芳太郎と根岸に隠居するので、「おまえもついてきておくれ」といわれたときには、困ったことになったと菊は思った。

だが、幸いなことに、麻が「お菊をおいて行ってください。お菊がいないと、奥がまわりません。どうぞお願いします」と八千代に頭を下げてくれた。それが功を奏し、しぶしぶではあったが、八千代は納得し、別の女中を連れて行った。

八千代の元でその女中は長く続かず、次の女中も同様で、三番目に新たに雇ったのが今の、五十過ぎのチカである。チカはこれまでの二人と異なり、おおざっぱともいえる性格で、その分当初、八千代の小言も増えたようだが、チカはそれに臆することもなかった。

チカは気働きが苦手な分、体を動かすことは得意で、ちゃきちゃき働く。中でも料理は八千代がうなるほどの腕前だった。八千代は今でもチカに対する不満を口にするが、案外ふたりは相性がいいのかもしれなかった。

麻と鶴次郎とともに本宅に残ったおかげで、菊は今、のびのびと奉公を続けている。それはひとえに、おおらかな麻と鶴次郎のおかげだ。子のない菊にとって、麻は自分の子のようなもので、実はかわいくてしょうがない。

八千代は、麻と鶴次郎がこれほど奉公人に慕われるとは思っていなかったに違いなかった。麻と鶴次郎の代になってから、店や奥は前よりも明るく、風通しがよくなった。

だが、長一郎の墓参りのこの日ばかりは、菊は少しばかり憂鬱《ゆううつ》だった。

こうして八千代が長一郎のことを墓の前で持ち出すたびに、麻の顔に一瞬、悲しみを含んだ表情がよぎるのを、菊は知っていた。

長一郎が生まれたのは、八千代が麻を産んで五年がたち、もう子は生まれないかもしれないと、八千代と芳太郎がすっかりあきらめかけていたころだった。

芳太郎と八千代の喜びようといったらなかった。

——跡取りができた！　これで千石屋も安泰だ！

芳太郎は万歳と叫び、奉公人だけでなく、通行人にまで樽酒をふるまった。お宮参りには宝尽くしの本絹羽二重の着物を着せ、初節句には、商人には不似合いの立派な兜《かぶと》と、一刀彫の金太郎の人形をにぎにぎしく飾った。

卵のようなつるりとした顔に、刷毛《はけ》ではいたような眉、涼し気な目元……長一郎は博《はか》多《た》人形のような整った顔だちの八千代に、よく似ていた。本当にかわいらしかった。

だが、長一郎は二つになった四月、突然、はやり病で亡くなった。

両親、特に八千代の嘆きようは、痛ましいほどだった。八千代は二月ほど、床についた。透き通るのではないかと心配になるほどやせおとろえ、涙をこぼさぬ日はなかった。

麻が弟の長一郎の分まで元気でいなければと、ことさら快活にふるまったのは、母を元気づけたいと思ってのことだ。男の子のように家の中を走り回り、木登りもしてみせた。

だがそれは裏目に出た。八千代には通じなかった。

──おまえは元気でいいね。悲しくないのね。長一郎がいなくなっても。

八千代にそういわれた日、声を殺して泣いていた麻の背中をさすって慰めたのは、菊だった。

それから八千代は何かといえば、この世にいぬ長一郎と麻を比べるようになった。

──おまえは本当におとっつぁまそっくり。……長一郎は私によく似ていたのに。

──私に似れば人並みだったのに。そんなに大きくなってしまって。せめて男の子だったら、よかったのに。

麻は父親の芳太郎から、背の高さ、うりざね顔、大きな目と口元を譲り受けている。八千代はそれを、まるで残念なことのようにいいはじめたのだ。

麻が人前に出るのを嫌がるようになったのは、八千代のこれらの言葉と無縁ではない。自分は大きすぎる、かわいくない、人に好かれない──ほがらかだった七歳の麻から笑みが消え口数が減ったことさえ、八千代は気が付かなかった。

それからの麻のことを思うと、今でも菊の胸が痛くなる。菊や仲良しの友だちとは、おしゃべりもし、大笑いもするが、八千代や見知らぬ人の前では、おどおどと身を縮め、顔を伏せ続けた。

そんな麻が変わったのは、紅と出会ってからだ。唇に紅を塗ることで気持ちを奮い起こし、人の間に再び入っていくようになった。麻、十五歳のときである。

固く閉じていたつぼみがある日突然、開いたかのように、以来、麻は本来の明るさを少しずつ取り戻していった。

けばけばしい、派手過ぎると、今でも菊は麻にいってしまうが、それで麻が元気になるなら、いくらでも紅を塗りたくっていいというのが、菊の偽らざる本心である。

そして麻は鶴次郎と出会い、めでたく夫婦になり、京太郎に恵まれた。

八千代は今となってはもう、自分が何を麻にいったか、そこにどんな毒が潜んでいたか、覚えていないだろう。

だが、その痛みを麻は忘れていない。八千代が長一郎の死を嘆くたびに、ほんの一瞬、麻は、母親の気持ちが自分には決して向かないことを思い知らされたような表情になるのだ。

「いいお天気でよかったこと。昨日は風が冷たかったから、雪でも降るんじゃないかって心配していたのよ。きっと長一郎が私たちのために黒雲を吹き払ってくれたのね」

墓参りをすませた八千代は、振り返って満足げにほほ笑んだ。

「みなさま、ご本堂にお進みください」

寺の小僧の案内で一同が本堂に入ると、住職による読経が始まった。それが終わると、すでに届いていた薫寿特製弁当をみなで囲む。

和やかに法会は進んだ。

「ところで、京太郎から便りはあるの？」

八千代が麻に尋ねた。

「正月に、謹賀新年の便りが来たっきり。でも元気でやっていると思いますよ。何かあれば連絡を寄こすでしょうし」

「男はそんなもんだ」

機嫌よくいった芳太郎の盃に、菊は酌をした。芳太郎は住職に、根岸に移ってからはじめた将棋の話をしていた。芳太郎も住職も、いい調子で酒を流し込んでいる。やがてふたりは手酌で飲みだした。

「お菊、お酌はいいから、お弁当を食べてちょうだい。おふたりとも、お好きにやりたいようですし」

麻が気をまわして、菊にささやく。麻の酒が強いところは、芳太郎譲りである。

菊は末席に座り、弁当のふたをとった。隣のチカが「おまかせしてすみませんでした」とささやいた。チカの弁当はあらかた空になっている。あっけらかんとお茶を飲むチカの横顔を見ながら、こうでなければ、八千代とは太刀打ちできないと、菊は苦笑した。

「いつになったら京太郎は帰ってくるの？」

八千代がまた京太郎の話を蒸し返した。八千代の孫は京太郎ひとり。どうしても、関心がそこにむくらしい。

「大坂にいってようやく三年目に入ったところですから、あと三、四年は向こうで修業させてもらおうと思っております」

鶴次郎が丁寧に答えた。

「三、四年、長いわねえ。私が元気なうちに戻ってきてほしいんだけど」

「おまえは大丈夫だ。大病せずに、ここまで来たじゃないか」

すかさずそういった芳太郎を、八千代は軽くにらむ。

「今日は無事でも、明日、何が起こるか、わかりませんもの」

八千代はふっとため息をついた。この思わせぶりな態度が、実は八千代の武器である。長年、八千代のこの間合いに振り回され、そのたびにおたおたしてきた芳太郎だったが、隠居して始終顔を突き合わせるようになって、いちいち反応していたら身がもたないと思ったのだろう。近頃は芳太郎も軽くやり返すようになっている。

「お麻も、早く京太郎に帰ってきてほしいでしょ」

「それはそうですけど、商い修業は京太郎のためですから。いずれひとりで千石屋を背負って立たなくてはならない。そのために、身につけられるだけのものは身につけてきてもらわないと。本人もその気でいるようですよ」

「ま、いじらしい」

八千代はくすんと鼻をならした。

京太郎が生まれた時、八千代は涙を流して喜んだ。

やっとのことで産み終えた麻の枕元で、八千代は京太郎の顔をのぞきこむや、

――この子は長一郎の生まれ変わりに違いない。瓜二つだもの。戻ってきてくれたんだわ。

そういって、麻たちをまたもや、うんざりさせた。

だが、長じるにしたがって、京太郎は麻よろしく背がずんずん伸び、同い年の子どもたちより頭一つ大きくなった。うりざね顔に大きめの口元は麻とそっくり、涼し気な切れ長の目は鶴次郎譲りだ。

これだけ長一郎と顔形が違えば、生まれ変わり云々とは、さすがの八千代ももう口にできないだろうと思われたが、そうはいかなかった。

――声が似ている。あの声を聞くと、長一郎かと思うのよ。

童の声など、だいたいがきんきんと高く、みな似ているのだが、八千代に対し、そう物申すことは誰にもできない。

――おばあさま。私は京太郎でございます。長一郎おじさんではありません。

だから、京太郎が五歳のおり、八千代にきっぱりとそういったときには、菊の胸がすーっとした。鼻白んだ八千代の顔も見られて、この場に居合わせられた幸運にも、菊は感謝したものだ。

いずれにしても、京太郎の幼い声は少年の声にかわり、大坂にいく直前には声変わりでかすかすとなり、八千代が京太郎の声について触れることもなくなったのだが。

「八千代、おまえは隠居所に行ってから、ますます元気になったぞ。植木いじりがよかったんだな」

「確かに、向こうにいらしてから、かえってお若くなったようです」

芳太郎に鶴次郎が調子よく相槌《あいづち》をうつ。

隠居してから、八千代は突然、庭仕事に夢中になった。実際に、庭に立つ八千代の姿を目にするまで、菊はそのことを信じられなかった。

八千代は呉服問屋の箱入り娘で、お茶、お花、お琴はよくしたものの、本宅にいる間は土いじりなど一度だってしたことがなかったからだ。

毎日柔らかものを身に着け、茶の間に泰然と座っていた。

――あそこの枝が目立つから切っておくれ。

――ずいぶん落ち葉がたまっている。今日は箒で掃いたほうがいいね。

菊たち女中に命じるだけで、自ら手を動かすことはなかった。

それが今や、手拭《てぬぐ》いを姉さんかぶりにし、紺の絣にたすきを掛け、前掛けを締めて、毎日、庭をはい回っている。そのせいか、白かった肌が少しばかり浅黒くなった。

――冬もやることが山積みなんですよ。今日は落ち葉を集めましたわ。落ち葉の下は暖かいそうなの。だから、虫が寄ってくるんですって。それが卵を生んだりするから、放っておくと春になってから大変なのよ。

人間、変われば変わるものだと、菊は感心せざるをえない。

「今度、南天を植えようと思いますの。南天は紅葉も見事ですし、赤い実もかわいらしいし」

「うちの蔵の奥にも、確か、南天がありましたよ。あれ、そっちに持っていかれます？」

「とんでもない。お麻、南天を蔵の奥に植えているのには意味があるんですよ。あそこが我が家の北東、鬼門でしょう。南天は『難を転じて福となす』縁起木。鬼門に植えれば、盗難除け、魔除け、火災除けになるんです」

「そうなんですか。南天が縁起木だとは知ってましたけど、鬼門に植えるというのははじめて聞きました。覚えておきますわ」

こんな風に麻が八千代にいえるようになっただけで、麻は大人になったと、菊は思う。

「今日はこれから小石川の植木屋に南天を買いに行こうと思いましてね」

「おっかさまがわざわざ植木屋まで行くんですか？　植木屋に苗を持ってきてもらった

らいいのに」

「自分で選びたいんですよ」

小石川の植木屋……はっと、菊は顔をあげた。

「小石川の植木屋といいますと、もしかして『五郎松《ごろうまつ》』でしょうか？」

「ええ。植木屋のことまで、お菊はよく知っていること。ああ、お菊の実家は本郷《ほんごう》でしたね」

「はい。小石川は庭のようなもので、手習い所への通り道に五郎松がありましたから。広い敷地にさまざまな木が植えられていて……懐かしい。まだお店があったんですね」

「その道じゃ、今も有名なお店のようですよ」

菊の脳裏に、本郷の菊《きく》坂の風景が浮かんだ。

菊の実家は、本郷のゆるやかな菊坂の途中にある縦割り九尺長屋だった。

その昔、そこは菊畑だったという。そこで鋳掛屋《いかけや》をしていた父・巳之吉《みのきち》は、最初に生まれた女の子に、菊と名付けたのだ。

鋳掛屋は、壊れた鍋釜《なべかま》の修理が仕事だ。火炉、炭、ふいごなどを籠につめ、天秤棒をかついで町中を歩き、「鋳掛屋さん」と声がかかるのを待つ。声がかかれば、その家の前に荷物を広げ、火炉を熱し、穴のあいたところや傷んだところに金属を溶かして流し入れていく。均等な厚さに仕上げるのは熟練の腕で、巳之吉は町のあちこちに御贔屓を持っていた。

母・すまも手先が器用で、呉服屋から針仕事を請け負い、長屋で一日針を持っていた。最初が女の子だったので、夫婦は、次は男の子をと願ったが、菊の下に生まれたのも女、その次も女だった。楓《かえで》、梅《うめ》。父はそのときも子どもに花木の名前をつけた。

父は寡黙なおとなしい男だったが、母すまは大工の娘で、口を開けば威勢のいい言葉がぽんぽんと飛び出す。針を持ちながらも、近所のおかみさんたちと大声でしゃべっては笑っていた。

十二で手習い所をやめると、菊は母の手伝いで針を持つようになったが、紹介する人がいて十五で千石屋に女中として奉公した。

奉公に出れば、ひとり分の食い扶持が減る。菊が奉公に出されたのは、そういうことだった。

当時の千石屋の主は、今、隠居している芳太郎の父・寿太郎《じゆたろう》だった。芳太郎はまだ十一歳で、手習い所に通っていた。寿太郎も、えいも背が高く、芳太郎はえいとそっくりだった。

そう。麻のうりざね顔と、大きな目と口は祖母のえい譲りでもある。

掃除、洗濯、料理など、女中の当たり前の仕事はこなせたものの、菊は当初、長屋暮らしには無縁の花をいけたり、季節のしつらえを整えたりすることはからきしだった。

そんな菊を一から仕込んでくれたのは、先輩女中のしずだった。しずは四十半ばで、千石屋の奥のことは何でも知っていた。

――雛《ひな》人形はお殿様が向かって右。お姫様が向かって左。二段目の三人官女は、向かって左から順に、提子を持っている官女、真ん中が三宝《さんぽう》を両手に載せた座りの官女。この人形は亭主持ちだから、眉を剃ってお歯黒をしているの。そして向かって右側には長柄銚子をもつ官女。長柄銚子の手元を左手で押さえて右手でお酒を注ぐと覚えるといいのよ。はい。今、私が言ったことを復唱してごらんなさい。

――雛人形を飾る日の目安は「立春」。そのうえ、「大安」か「友引」の日ね。毎年、女将さんにご相談して、その日を決めるんだけど、私たちだってこのくらいのことを覚えておいたほうがいい。心づもりができるから。じゃ、お雛様を片付ける日は？　去年、話したわよね。そう、お雛祭りが終わってすぐ。いつまでも飾っておくと、お姫様、お嬢さまのご縁が遠くなりますから。

もたもたして答えが遅かったり、間違ったりすれば、しずは容赦なく叱責した。

――一度聞いて覚えなさい。覚えられないのは覚えようとしないからよ。

同僚の中には、しずを煙たがっている者もいたが、菊は平気だった。母のすまほどではなかったからだ。

女将のえいは、当時、今の麻くらいの年齢だった。もう少し若かったかもしれない。だが記憶の中のえいははるかに貫禄があった気がする。そう感じるのは、自分が年若だったからだろうか。

えいは、鳶《とび》の頭《かしら》の娘で、食べることが大好きで、麻同様、酒が好きだった。気さくで人あたりがよかった。

――お菊は食べるのが早いねぇ。商家の奉公人は早く食べるのがよしといわれるけど、娘の場合は考えものよ。がつがつして見えたら損。ほかの人よりほんのちょっと遅いくらいがいいわよ。

――お菊は、いずれ所帯を持つつもりでしょう。だったらぼーっとしていちゃいけないよ。どんな人がいいのか、今からちゃんと考えておかなくちゃ。私、寿太郎さんとの話が持ち上がったときに、すぐにこの人だってわかった。私より背が高い人、美味しそうに食べる人、一緒にお酒を飲める人、よく笑う人と添いたいって思っていたから。お菊にとって、そういう人が前に現れた時に、逃さないようにしなくっちゃ。

だが、えいの助言は残念ながら、菊の役には立たなかった。

女中仕事にもなれたころ、母・すまが病に倒れた。丈夫で寝込むことなどなかったすまが、床から起きあがれなくなるなど、家族にとっては青天の霹靂《へきれき》だった。胃の腑《ふ》にできものができたと、医者はいった。

家で針仕事を手伝っていた妹たちが、必死に看病をしたが、回復はしなかった。

えいに頼んで、一度、菊は母に会いに行った。小太りだった母が頬に縦皺ができるほどやせ細っていた。けれど、口だけは達者だった。

——お暇をだされたんじゃないだろうね。

——ちゃんと断ってきたのよ。おっかさんに会いたくて。

——心配かけてすまなかったね。なに、生ある者はいずれ死ぬ。生きていれば明日はくる。そうでなければ明日はこない。それだけのことさ。

——おっかさん、縁起でもないこと言わないでよ。

——ただひとつ気がかりなのは、おまえのことだ。おとっつぁんは人はいいけど、考えが少しばかり足りない。そのうえ妹たちはまだ小さい。これからきっとおまえの肩にいろんなものがかかってくる。堪忍しておくれ。

——そんな風に言われたら、おとっつぁん、立つ瀬がないね。

——笑いごとじゃないよ。お聞き、お菊。何があっても、やけになってはいけないよ。生きにくいと思ったときには、流されるだけじゃだめだ。手を動かして、頭を巡らせて生きぬくんだ。おまえは、誰かに頼ってしか生きられない弱い女じゃない。それは私が一等よく知っている。

——それだけしゃべれるんだから、おっかさん、大丈夫だ。

——笑顔がきれいだね、おまえは。ちっとも美人じゃないのに。

——はばかりさま。おっかさんにそっくりだっていわれてる。でも嬉しいよ。笑ってるね、私。

——それがいい。

母はほほ笑みながら、はらはらと涙をこぼした。あとになって、このとき、すまは自分の死期を悟っていたのだと、菊は思った。

いよいよ危ないという連絡が千石屋に来たのはその十日後だった。菊が駆け付けると、母は虫の息で、そのまま目を開けることなく、翌朝、なくなった。かさりと音をたてそうなほど、さらにやせていた。

その年は驚くほど、いろんなことが起きた。一生の内にはそういう年もあるのだろうか。辛く暗い年だった。

菊は十八で、上の妹は十五、下の妹は十三だった。

葬儀が終わるや、父の多額の借金が明らかになった。母の薬を買うためといわれると、返す言葉がなかった。

金貸しにも、両替商、質屋、素金、日銭貸、烏金《からすがね》といろいろある。

両替商は年利二割、質屋は年利約五割。

当日、翌日返しなどに使う日銭貸、烏金などは百文借りて一日二文から十文もの利息がつく。とんでもない高金利だが、手軽で、短期の返済であれば利子も少なくて済むので、利用する者も多かった。

父が金を借りていたのは近所の質屋『西川《にしかわ》』だった。鋳掛屋の稼ぎではとても返せない金額を貸したのだから、借りるほうも借りるほうだが貸すほうも貸すほうで、西川にははじめから胸に一物あったと考えていい。

——金を返せないのなら、娘をひとり、嫁に寄こせ。それで借金はちゃらだ。

西川の主はそういい、父はうなずくしかなかった。

菊はこうしてその年のうちに、質屋の息子の元に嫁に行くことになった。

これからきっとおまえの肩にいろんなものがかかってくる——母は、生と死の境で、この未来を見ていたのだろうか。

穏やかで優しく、丈夫で働き者。ご飯を「美味しい」と食べてくれる人。

これが、菊が願った相手だった。だが、それは決して手に入らないものになり果てた。

質屋西川の息子・銀一《ぎんいち》は、父・巳之吉より年上の四十二歳だった。菊とは二廻り、二十四歳も離れていた。

銀一はこれまで二度所帯を持ち、二度夫婦別れをしていた。

一度目は二十二のとき、三つ下の女と一緒になったのだが、銀一の酒癖の悪さのため、二年で嫁が逃げたという。

それから十四年たった三十八のとき、次の嫁をもらったが、半年後に銀一が倒れて、嫁はさっさと里に帰ってしまった。

中風であった。以来、銀一は、左半身が不自由になり、奥の隠居所で、寝たり起きたりしていた。

医者からは銀一の回復は望めないといわれ、舅姑は悩んだ挙句、質屋の身上は姑の妹の息子・宗男《むねお》夫婦に譲ることにした。宗男は二十八で、女房は二十六、子どもは三歳と一歳。菊が西川に入ったときに、宗男は妻子とともに、本宅で、すでに舅姑と同居していた。

銀一は庭の奥に建てられたこぢんまりした隠居所にひとり、住んでいた。

ほぼ寝たきりなのだから、普通の嫁取りではない。嫁とは名ばかり、中身は銀一付きの女中である。それまで雇った女中は、次々にやめていったという。やめるにやめられない嫁である必要があったのだ。

祝言も何もあったものではなかった。

――おまえが、金で買った嫁か。

それが、銀一がはじめて菊にいった言葉だ。菊は買われたのだ。

以来、菊は銀一の介護に追われた。

着替え、洗顔、食事、歯磨き……夜も鈴が鳴れば、飛び起きて、厠に連れていく。銀一の汚れた衣類の洗濯や部屋の掃除も菊の仕事だった。

それだけでも辛いのに、銀一は、体が思うように動かないいら立ちを、ことあるごとに菊にぶつけた。

突然、銀一が怒り出すのもしょっ中だった。大声や奇声を発する。菊の耳をつまんで引っ張る。どんと押し倒す。茶碗を吹っ飛ばす。身体を拭くためのお湯を入れたたらいをひっくりかえす……。

銀一が何をやらかしても、まわりは見て見ぬふりだ。下手に口を出したら手も出さねばならないとばかり、菊とも目を合わせもしない。

実の親子であるのに、舅は銀一の隠居所に、まったくよりつかなかった。姑はたまに顔をだすものの、にこりともせず、そそくさと出ていく。

菊がこんな日々を送ることになるなんて、誰が想像しただろう。

ときどき、菊は長屋や町で出会った年寄りがみな、自分こそ苦労の塊《かたまり》だと自慢していたことを思い出して、皮肉な思いにかられた。

――貧しい家に生まれ、親とは早く死に別れ、追いやるように奉公に出された。かわいげがないといじめられ、手習い所にさえ通わせてもらえなかったので読み書きもろくにできやしない。必死に働いて、やっとのことで亭主と巡り合ったものの、亭主はろくでなしの遊び人で、子どもに食べさせるためにまた働き、気が付くとこの年だよ。

そう繰り返したのは、長屋の二軒先に住むばあさんだった。

――おいらほど苦労した人間はいねえだろうさ。

それが口癖の向かいの長屋のじいさんも、同じような話をしていた。

以前の菊は、こうした話を聞くたびに、生きることに苦労はつきものであり、苦労の坂を乗り越えた末に、苦労は実を結び、ひとつの境地に達することができるものなのだと思った。そして、どんな辛いことも、過ぎてしまえばたいしたことがなかったといえる日がくると思っていた。

けれど、銀一との日々はそんな生半可なものではなかった。悪意や薄汚れた言葉を投げつけられた心は、すぐにずたずたになった。汚物に首までまみれ、息つく間もなく暴力をふるわれ、膝や腰がぎしぎし痛む。心も体も今にも折れてしまいそうだった。

苦労などという言葉では言い尽くせない。どんなに時間がたっても無理だ。そんな言葉、もはやなんの意味もなかった。

だいたい、人の苦労を何で測るのだろう。そんな秤《はかり》などあるのか。

百歩譲って、これを苦労と呼ぶなら、実を結ぶ苦労ではないとも思った。

睡眠不足と疲労感は容赦なく、菊をさらに疲弊させていく。

人と話す機会も失われていく。

――自分ばかりがなぜ。

――なんで私がこんなことに。

――どうせ、私なんか。

気が付くと、胸に怒りがふくれあがっていた。

効きもしない薬を、後先考えず、買いまくった父親をうらむ気持ちが喉元までこみあげてくる。

逃げたかった。この家から。この世界から。

でも自分が逃げたら、どうなる。父親の借金はそのままだ。

妹が銀一の次の嫁にさせられるに決まっている。

いくらなんでも、かわいい妹たちにこんなことをさせられない。

だから、我慢するしかない。

私がやるしかない。わかっているのだ、全部。

それでも、怒りがおさまらない。

感情がちぎれ飛び、きつい言葉が頭の中を駆け回りはじめると、めまいがした。

だが菊に許されているのは、せいぜい、誰もいない厠でうめくことだけだ。

普通の病気なら、時がたてば回復するのに、銀一は治らない。

銀一が死なないと菊は銀一から解放されない。

あとどのくらい、銀一は生きるのかと、そればかり、菊は考えるようになった。

舅姑のように還暦まで生きるのか。そのとき、菊はいくつになるのか。

もし、銀一が死んだら、菊は家に帰れるのか。

売られてしまったのだ。銀一が死んでも、一生、この西川で働かされるに決まっている。

どのみち、自分の一生はもう終わりだ。まだ十八なのに。

やがて目に映るものから色が消えた。灰色の世に、菊は生きていた。

そんなある日、珍しく団子をもって、姑が銀一の顔を見に来た。もちろん、菊の分はない。

ふたりが団子を食べている間に、洗濯をしようと菊は井戸端に出た。しばらくして、隠居所から悲鳴が響き、何かがぶつかったような大きな物音が続いた。

――お菊！　早く！

姑がこれまで聞いたことがないような金切り声で叫んでいる。

あわてて隠居所にいくと、不自由な身体で、銀一は姑に殴りかかっていた。姑も負けてはいない。

――離せ。汚い！　寄るんじゃないよ。

布団と床が濡れている。ぷんとあのにおいがした。

――ええい、手をおはなしってば！

姑は銀一を振り払った。

――お菊！　銀一はとうとう、しょんべんもらしになっちまったのかい？

姑は目を三角にして、よろよろと立ち上がった。

腰から下をぐっしょりと濡らした銀一はうつむいたまま、唇をかんでいる。そそけた髪が震えていた。いたたまれないような、悔しさを噛み殺そうとしているような表情の銀一を、菊は初めて見た気がした。

これまでも厠に行く途中でこらえきれなかったことは何度かあった。だが、布団を汚したことはなかった。

——いいえ。そんなことはありません。これはたまたま……。

——もうどっちでもいいよ。

投げやりにいい、姑は転がるように部屋から飛び出していった。

布団はぐちゃぐちゃ、座布団は吹っ飛び、食べ終えた団子の皿が割れていた。

——怪我《けが》してませんか。

——あっちに行け。行けっていったら、行け！

獣のように銀一は吠えた。菊はうなずくと、部屋を出て雑巾と桶をもって戻ってきた。割れた皿のかけらを拾い集め、濡れたところを何度も拭き、布団を濡れ雑巾で叩いた。それを片付けると、今度は湯を張ったたらいを運んできて、手拭いをきゅっと絞った。

——体、拭きましょう。

ぴくりと銀一の頬がひくついたと思いきや、銀一が手拭いをひったくる。菊は少しばかりほっとした。これがいつもの銀一だからだ。

ご飯がまずい、冷えている。暑い、寒い。何に対しても文句をいわずにいられない銀一だが、下を拭くのだけは菊にまかせない。一枚目、二枚目の手拭いが放り出され、三枚目の手拭いを使い終えると、菊は洗濯済みの襦袢《じゅばん》を肩にかぶせた。下帯を前におくと、不自由な体をねじりながら、銀一は自分でしめはじめた。

その間に、菊は銀一が放り投げた手拭いを拾い、たらいにいれ、部屋をあとにした。手を洗いながら菊は思った。銀一は今、何を思い、何を考えているのだろう、と。

男の働き盛りを、寝床の上で暮らして、二度、女房には逃げられ、父母には疎まれ、自分ではなく、従兄弟《いとこ》が家を継ぐ。自分が歩むはずだった道を、別の誰かが歩いている。

そのうえ、三度目の女房はその実、女中だ。

いずれにしても、今もこれからも、銀一はただ天井をにらみ、時が過ぎるのを待つしかない。

むごいと菊は思った。銀一がいい人とかそうでないとかに関係なく。

死ぬまで、隠居所の床に横たわったまま、人の世話になるしかない。それはどんな気持ちがするのだろう。

世の中から、自分だけが置き去りになっていると感じているのではないか。こんな生殺しのような状態は早くやめにしたいと思っているかもしれない。いや、まだまだ死にたくないと思っているのか。

銀一のことなどそれまで菊は考えたことはなかった。自分のことで精いっぱいで、銀一のことなどどうでもよかった。

でもあの悔しそうな銀一の表情が菊は忘れられなかった。銀一も傷つけられれば赤い血が流れるのだ。ずっと血を流し続けていたのだと思った。

――生きにくいと思ったときには、流されるだけじゃだめだ。手を動かして、頭を巡らせて生きぬくんだ。おまえは、誰かに頼ってしか生きられない弱い女じゃない。

そのとき、菊は母の言葉を思い出したのだ。

流されるというのは、今の状況に呑みこまれること。

今を変えるなんて、できるだろうか。できないと即座に打ち消した。

だが、変えなくては銀一の作った先のない世界で、菊は倒れてしまう。

大きなことはできないけれど、ほんの小さいことなら、できるのではないか。

なんでもいい。できることからはじめようと思った。

それから菊は、思い切って銀一に話しかけるようにした。銀一のことなど、好きではない。大嫌いだ。けれど、ここにはふたりしかいない。銀一と話さなければ、誰とも口をきかない。黙ったままでは、口だって、頭だって動かなくなってしまう。

菊は店や台所で過ごすわずかなときに、人の話に耳をすませるようになった。

こんなお客さんがあったそうだ。あの奉公人のあだ名はでこっぱち。

近所の下駄屋の主が、博打で店の金を使い込んで夜逃げした。

番頭の家はかかあ天下で、嫁に頭があがらない。

どうでもいいことばかりだ。それでも菊は銀一に話した。

――黙れ、やかましい。

――しゃべるなら、あっちへいけ。

――そんな話、どうでもいい。

銀一はかたくなだったが、何をいわれても菊はしゃべった。ものをぶつけられても、自分でいって、自分で笑った。

茶の間においてあった川柳の句集を、断りを入れて借り、銀一に読んで聞かせようとしたのは、ほんの思い付きだった。

だが、意外なことに銀一は興味を示した。

『この世をばどりゃおいとまに線香の煙とともに灰左様なら』（十返舎一九《じっぺんしゃいっく》）

『二三百生きようとこそ思いしに　八十五にて不時の若死に』（英《はなぶさ》一珪《いっけい》）

『来てみても来てみてもみな同じことちょっとここらで死んでみようか』（正念坊）

『世の中は食うてくそして寝て起きて　さてその後は死ぬるばかりよ』（一休《いっきゅう》禅師）

銀一は生老病死を詠《よ》んだ川柳をいたく気に入って、たまには自ら筆を持つまでになった。左側がマヒしているので、まともに座ることができず、文机《ふづくえ》のうえに左腕をおき、それで支えるしかないのだが、右腕は動くので、かろうじて文字は書くことができた。

そうこうしているうちに、銀一が少し変わったような気がした。

自分の目の前にぶら下がっている病と死、不自由な暮らし。

けれど、川柳を知ることで、生きている者すべて、明日はわからないのだという諦念が生まれたのだろうか。あるいは、じくじくと深刻にならず、自分をも笑ってやろうという気持ちになったのかもしれない。

あるとき、菊は銀一にいった。

――金欲し付合というのを知ってますか。

――なんだそれ。

――有名な短歌に「それにつけても金の欲しさよ」という下の句をつけるっていうだけ

の話なんですけど、これがちょっとおもしろいんです。『朝顔に　つるべとられて　もらい水　それにつけても金の欲しさよ』　どうです？　おもしろいでしょ。『荒海や　佐渡に横たう　天の川　それにつけても金の欲しさよ』、『名月をとってくれろと泣く子かな　それにつけても金の欲しさよ』これなんか、ぴったりですよね。

そういって、けらけら笑っている菊を、銀一はあきれたように見つめた。

もう獣の目ではなかった。のっぺりとした顔の重たい瞼《まぶた》の下に細い小さな目が光っている。

――金の欲しさよ、か。……お菊は親の借金のためにここにいるんだったな。

それから半月ばかりして、梅の花が咲き始めた朝、立ち上がろうとした銀一の体がぐらりと揺れ、畳の上に崩れ落ちた。再び、中風の発作が起きたのだ。

意識が戻らない。床に寝かされた銀一は、ただぐうぐういびきをかいている。医師はもってあと数日といった。

菊はとうとうその日が来るのだと思った。悲しくはなかった。

銀一は生の苦しみからようやく解き放たれるのだ。

その晩、菊がひとりで枕元に座っていると、銀一はうっすら目をあけた。そして、何かを伝えようと唇を動かした。声にならない声でかろうじていう。

――ひ・き・だ・し。

――引き出し？

かすかにうなずく。

――あ・け・ろ。

――あけるんですか？

今度は目でうなずいた。

硯《すずり》や筆をおさめた文箱を上においていた小引き出しを開けると、それが入っていた。

――これ？

また銀一が目でうなずく。

――お・ま・え・に・や・る。

それっきり、銀一はまた目を閉じた。そして、朝になる前に息が止まった。

簡素な葬儀が終わると、舅姑は菊を座敷に呼び出し、隠居所を引き払い、女中部屋に移り、これからは女中として働くようにいった。

菊は首を横に振った。

——私はこれで里に帰らせていただきます。

——何を寝ぼけたことを。おまえの父親の借金を忘れたかね。

——銀一さんから、これを頂戴しました。

菊は胸元から、一通の書状をとりだし、舅姑のほうにすべらせた。

すばやく書状を開いて目を走らせた姑の唇が驚きのあまり震え始めた。

——おまえという女は……銀一をたらしこんで、こんなものを。

——亡くなった夜、銀一さんが小引き出しを開けろと。その中に入っておりました。これはまぎれもなく、銀一さんの字です。銀一さんは最後に、私に自由をくれたんです。

その日のうちに、菊はわずかな荷物を持ち、西川の家を後にした。

銀一がくれたのは、『離縁状』だった。

『離別一札の事
一、この度《たび》、双方協議の上、離縁いたします。したがって、今後あなたが誰と縁組みしようとも、私に異議はなく、翻意することもありません。以上、本状を以《もっ》て離縁状と致します。

二、　菊の父巳之吉の借金は、菊のこれまでの働きにより、返済されたものと致しま
　す。

　　　　　　　　　　　　　　　　　　　　　　　　　　　　　　　銀一
お菊どの』

そのあとに、半月ほど前の日付が記してあった。菊が銀一にちょうど「それにつけても金の欲しさよ」の話をしたころだった。

西川に嫁に来てから、二年がたち、菊は二十歳になっていた。

父と妹たちは長屋に菊が戻ってきたのを手放しで喜んでくれたが、菊の思いは複雑だった。

やっと西川の家と銀一から解放されたとはいえ、何もする気がおきない。ただくたくたと寝て暮らした。三日ほどで起きるつもりだったが、四日たち、五日たっても起きられなかった。

時がたつほど、心の中のもやもやが濃く深くなる。

自分は銀一に対して、し残したことがあるのではないか。もっと優しくできたのではないか。もっともっと。

銀一と話したのは、自分がまともでい続けるためだけで、銀一のことを思ってではなかった。銀一の死を願っていたのは誰より自分ではなかったか。

父の巳之吉に対する、どす黒い恨みも蘇った。父親のせいで、自分の人生は台無しになりかけた。もし、銀一が離縁状を書いてくれなかったら、自分は西川で一生、あごでこきつかわれ、人扱いされなかった。

妹たちが「姉ちゃん、大変だったね」「帰ってこられて本当に良かった」とためらいもなくいうことにも腹がたった。そんな風に一言でくくってほしくない。のんきに家でお針子をしていたふたりに、自分の悔しさや苦しさは決してわかりはしない。

大切に思っていた父や妹に毒づかずにいられない自分にも嫌気がさした。

自分は変わってしまった。もう、今までの暮らしに戻れないと、涙が出た。

千石屋のえいが訪ねて来たのは、そんなときだった。

――お菊が戻ってきたと聞いて、近くまで来たものだから、顔を見に来たよ。まだ本調子じゃないみたいだね。あ、いいよ。辛ければ横になっていて。

あわてて床から起き上がった菊をえいは押しとどめたが、菊は無理してえいの前に座った。

――ご飯、食べているかい？　この大福、好きだったろう。

勧められても、食べられなかった。以前ならふたつもみっつも一度に食べられたのに、口が開かない。

そんな菊の様子をじっと見て、えいは、髪を結ってやろうといった。

――女将さんにそんなこと……。

――弱っているときは、よけいな気を使わなくていいよ。こう見えて髪を結うのは得意なのさ。櫛《くし》と椿油、あるかい？

固辞したもののやんわりいなされて、菊は長屋の縁側に座った。

隣の庭の桜が終わりかけている。西川から戻ってきたとき、梅の花が咲いていたのに。外を眺めることさえ忘れていたと気づかされた。

えいは、もつれた髪をほぐすように、毛先から櫛をかけていく。ほんの少しずつ束にして、櫛が通るようになれば、また次の束、その次の束……。

ほろりほろりと、残った桜の花びらが風に舞っていた。風が暖かい。雀の鳴き声が空に抜けていく。

気が付くと、菊は泣いていた。人が死のうが、床につこうが、慟哭《どうこく》しようが、季節は静かにめぐり続けていることに、胸をつかれたのかもしれない。

――また、うちで働かないかい？

やがて、えいはいった。

――辛い思いをしたと聞いたよ。まだ落ち着かないかもしれないけど。お菊なら、きっと気持ちを立て直して、やり直せる。

――女将さん、私、前の私じゃないんです。人を恨んだり憎んだり、心の狭い娘になりさがっちまって……。

気が付くと、はき捨てるように菊はいっていた。

えいは真ん中の髪を取り分け、髻《もとどり》で結び、根を作った。きゅっと、菊の顔がもちあがり、心地よい痛みが走った。

――自分が無念な思いを抱えているときには、誰もがそうなって不思議じゃない。自分が幸せじゃないと、人の幸せを喜んだりできないんだよ。

襟足の髪に、えいは椿油をなじませ、面をととのえながら、根の髪にまとめる。

続いて両脇の髪にも椿油を塗り、面をつくり、形よくたるませた。

――お菊のうなじはきれいだね。首が細くてうらやましいこと。

──こんな自分が嫌なんです。

──お菊はいい子だよ。無念さを乗り越えれば元に戻る。いや、前よりも情の深い、いい女になる。そう思ってなきゃ、私が迎えにくるもんか。

えいは菊の前髪をすき、立たせるようにして元結で結んだ。それから、根にまとめた髪を前髪側に倒しながら丸め、髷を作り、髷の左右に指を入れて扇形に広げた。

──はい。できた。

そういって、えいは自分の巾着《きんちゃく》から小さな手鏡をだした。

──見てごらん。……笑ってごらん。二十歳のきれいな娘だよ。

髪を結ってもらったなんて、いつ以来だろう。この二年間、ずっと櫛巻きにしてすませていた。鏡の中の、つぶし島田の自分がおずおずとほほ笑んでいる。

──すぐに決めなくていい。時がきっとお菊の味方になってくれる。生きていればいいこともある。もう大丈夫だと思ったら、うちに戻っておいで。

えいはもう一度そういって、菊の肩を両手でぽんとたたくと、帰って行った。

菊が千石屋に戻ったのは、そのひと月後だった。

八千代が十八で芳太郎に嫁いできたのはその五年後、麻が生まれたのはそのまた二年後だ。

えいは長一郎が生まれる一年前、サツキが色とりどりの花を咲かせる季節に亡くなった。千石屋の奥をゆったりとまとめ、家族に頼りにされ、奉公人に慕われた一生だった。

生きていれば、長一郎亡き後の八千代や麻の大きな支えになったはずだった。

えいには及ばずとも、あの日、えいがしてくれたように、菊は麻を包んでやりたいと思ってやってきたが、役に立ったかどうか。

近ごろになって、銀一と川柳を作っていた日々をふと思い出し、そんな自分に驚くこともある。銀一との思い出は辛い思い出と抱き合わせだから、ずっと封印してきたのだ。だが、時間がたったからか、思い出がばらけて、懐かしい場面だけが鮮やかに蘇ってくる。

銀一のことなど、少しも好きではなかったのに。他に話す相手がいなかっただけなのに。思い出の中の銀一は、決まって、照れたように笑っていた。

「それじゃ、そろそろ」

麻の声で、菊ははっとした。

一同揃って、住職に挨拶をして、帰途についた。

八千代と芳太郎とチカたちとは浅草御門の前で別れた。

「どうしたの、お菊。今日は妙に物静かじゃない」

橋を渡りながら、麻がいった。神田川に降り注ぐ柔らかな光は春を感じさせる。

「いろいろなことを思い出しまして。長く生きておりますから」

「私も、ふとおばあさまのこと、思い出しちゃった。太っ腹な人だったわよね」

「ええ。気風がよくて、おおらかで、そばにいらっしゃるとほっとする、頼りがいのある人でした」

麻がえいのことを思い出していたという偶然に驚きつつ、菊はうなずいた。

「背が高くて、私と同じような顔をしていたよね」

「よく似てらっしゃいますよ。おえいさまがお嬢さまを見るたびに、私とそっくりだと嬉しそうにおっしゃっていましたもの」

「私も奉公人に、おばあさまみたいに慕われる人にならなくちゃね」

「……もうなってらっしゃるんじゃないですか」

「えっ？　今、なんていった？」

「お嬢さまは十分、みんなに慕われていますよ」

「どうしたの、お菊が私のことをそんなにほめるなんて。気持ち悪い」

麻がくるりと振り向き、素っ頓狂な声を出した。三十過ぎの女が橋の真ん中で、足を止め、大声をだすなんてと、菊は苦笑した。そんなかわいらしいところも、麻はえいによく似ていた。

「往来で急に止まると人とぶつかってしまいますよ。まして橋の上では、迷惑でございます」

麻はいけないと肩をすくめ、また歩き出す。足の歩幅を小さくして、麻は後ろにいた菊に並んだ。

「お菊。お菊もすごく頼りがいがあるわよ。私、頼りにしているから。ずっとそばにいてくださいね」

ふいに麻にいわれて、不覚にも菊は涙ぐみそうになった。あわてて、目に埃がはいったふりをする。それから空を仰いで心の中でつぶやいた。

――おえいさま、生きていればいいことがあるって、本当ですね。

銀一が死んで四十年がたつ。近々、湯島の寺にある銀一の墓参りにいこうと菊は思った。

第四章　吉原に飛ぶ鶴

茶々を膝に乗せ、櫛で背中の毛をすいていると、こげ太が寄ってきた。こげ太はなでられるのは大好きだが、毛をすかれるのは苦手だった。そのくせ、茶々が気持ちよさそうにしていると、仲間外れではつまらないというような顔をして近づいてくる。それほど、毛をすいているときの茶々が鳴らす喉のゴロゴロは大きく、景気がよかった。

「次はこげ太の番かな」

麻が手をさしだすと、こげ太は自分でやるので結構ですといわんばかりに、麻の手の届かない場所に移動し、背中をなめはじめた。

柔らかな風がふく、穏やかな午後である。

「ただいま、お麻は」

鶴次郎の声が聞こえたと同時に、こげ太は入口めざしてかけていく。茶々も麻の腕をすり抜け、こげ太の後をおいかける。麻も二匹に負けじとばかり、立ち上がった。

「お帰りなさいませ。いかがでした」

「久次郎の不始末は、お上《かみ》には届けず、内々のことで収めるそうだ」

「やはり、そうするよりほか、ありませんものね」

先日、発覚した番頭の久次郎の半値現金売りの件で、鶴次郎は播磨屋に柳橋の料亭に招かれたのだった。

金十両の盗み、横領で死罪という世の中である。お上に訴え出れば、久次郎は捕まったら最後、問答無用で首をうたれる。店も無傷ではいられない。久次郎の管理不行き届き、すなわち店の不始末となり、播磨屋も咎《とが》めを逃れられない。

とはいえ、酒問屋だからといって、入荷した酒を好き勝手に売りさばいたり、操作できるというものではない。

上方から酒樽が到着すると、下り酒問屋は、到着日・銘柄名・到着した量などを列記した入船覚という文を上方の酒造家に送る。

さらに年末には、一年分の入船記録、十駄（二十樽）あたり金何両で販売されたかを書いた売付覚と、年間に販売した数量と売上金額、下り酒問屋の取り分、上方の酒造家へ送金する金額などをまとめた仕切り状を送らなくてはならない。

つまり、上方から江戸に着いた酒の値段、売り上げなどはすべて酒造家に開示されるのである。

「半値で売った分の差額は播磨屋が内密に負担し、年末まで志ら梅の販売の調整を続けるそうだ。女将さんにも重々よろしゅうお伝えくださいと、大番頭さん、頭を畳にすりつけとったで」

久次郎は、播磨屋の主の遠縁にあたり、目端のきくところもあり、とんとん拍子に番頭にのぼりつめたという。だが、住まいを改めたところ、爪印をおした借用証が何枚も荷から出てきた。

「志ら梅の売り上げで借りた金を返して、取り戻した証文だろう。脇が甘かったんだな。博打におぼれるとは。最初はほんの手すさびとなめていたんだろうが、待っていたのは泥沼やった」

麻にはそのさまが見えるような気がした。

上等な着物を身に着けた、働き盛りの男。博打の胴元はひと目で、久次郎を上客だと踏んだに違いない。最初は勝たせていい気分にさせ、のめりこんだところでゆっくり料理にかかる。負けがこんでも次は勝つかもしれないと吹き込み、ときどきは勝たせてその気にさせ続ける。

その間に久次郎が、大店の番頭であることがわかり、胴元はほくそ笑んだに違いない。博打場で狙《ねら》われるのは、手の届く範囲に金目のものがある者、借金ができる者、娘や若い女房を持つ者と決まっていた。店の金に手をつけるか、あるいは借金するか、女を売るか。久次郎の末路は決まっていたのだ。

「返しそびれたものがなければいいけど。年末に怪しげな借金取りに押し掛けられでもしたら、播磨屋さんも大変ですわね」

「まあ、大番頭さんがあんじょうやるやろう。……おなおさんが無事でよかったとも、ゆうてましたで。女郎屋に売られてしまったらえらいことやった。岩倉の守之助さんには感謝しなはってた。久次郎の口車に乗らなかった店は、あのあたりでは岩倉しかなかったそうや」

鶴次郎は店の半纏をはおりながら続ける。

「そうそう、そこの角で、『小原屋《おはらや》』の善九郎《ぜんくろう》さんとばったり会いましてな。おみゆさんがお麻と会いたがってるそうや。近いうちに遊びにきてほしいと、いってましたで」

「おみゆさんが？　そういえばずいぶん会ってないわ」

小原屋は、霊岸橋を渡った南茅場町《みなみかやばちょう》に店を構える、米の卸売りを行う地廻《じまわ》り米問屋だ。指折りの大店であるだけでなく、主の善九郎は江戸市中に貸家などを多く持つ家主でもあった。善九郎は四十歳で、鶴次郎とは少し年が離れているが、親しくつきあうようになって十年になる。

きっかけは、将軍家をも氏子に持つ、江戸最大の祭り、山王祭だった。

山王祭りの行列には、山車《だし》が四十台以上も連なり、江戸城内の吹上げの庭で将軍の上覧にも供される。市中も大賑《にぎ》わいで、町筋には桟敷《さじき》が設けられ、見物客で埋め尽くされた。

中でも人気なのは、町奉行所から指名された町が思い思いに行う附祭だった。仮装行列、踊り屋台など、目にするまでどんな出し物か皆目わからない。それにかける町々の気合も並大抵ではなかった。

十年前、八丁堀界隈が附祭に指名された。町は大騒ぎとなり、準備のために大店はもとより、町の主だった者が寄り合いを重ねる中で、ふたりは気の置けない仲になったのだった。

そのとき八丁堀が取り仕切った附祭は、「藤見と月見での男女の踊り」、「雛祭りの子ども踊り」だった。それぞれに賑やかな囃子《はやし》方をつけ、さながら錦絵のごとく、百人を超える集団で練り歩く様は評判をとった。

その後もふたりは、山王祭のたびに、鳳輦《ほうれん》二基と宮神輿《みこし》一基と山車三基の供奉行列の神幸《しんこう》を、山王御旅所こと摂社日枝神社で、お迎えする役目を担っている。

みゆは、善九郎の後妻だった。若くして前妻を亡くした後、善九郎は十数年、独り身を通し、二年前に、二十六歳のみゆと一緒になった。

みゆには、もうひとつ名前がある。

深雪《みゆき》。吉原《よしわら》にいたときの源氏名である。

「よく訪ねてきてくださいましたね」

小原屋の座敷で、みゆは麻にほほ笑んだ。

色が抜けるように白い。小柄で、顔も小さく、くっきりとした棗《なつめ》形の目、声は鈴を転がすようだ。霰《あられ》模様の藍の小紋に、白地に手鞠や独楽などが織られた玩具柄の帯、桃色の帯締めを品よくしめている。

みゆが吉原から受けだされ、善九郎と祝言をあげたとき、口さがない者たちは噂話に夢中になった。

年季が明けた遊女は差別されないというのは建前で、元遊女というだけで、世間は卑しいものを見るような目を向ける。

みゆは知り合いもない町で、家の奥にひっそり暮らすしかなかった。

善九郎から相談された鶴次郎が、麻に話し相手になってやってくれと頼み、麻はみゆとつきあうようになったのである。

「今年になって、おみゆさんと会っていないって気が付いて、そう思ったら矢も楯《たて》もたまらなくなって、遊びに来てしまいましたの。お元気でした？」

「おかげさまで。お麻さんがいらしてくださったら、元気百倍ですわ」

みゆは花が咲いたようにほほ笑む。

当初、みゆは麻にも警戒をとかなかった。硬い表情で、探るような目で麻を見、麻が話しかけても、ええとかいいえとか、つぶやくだけだった。せっせと御機嫌伺いに通ったところで、みゆに心を開く気がないのではどうしようもないと、麻もお手上げになりかけたとき、ある出来事が起きた。

ちょうど午後のこの時刻頃、ふたりが座敷で向かい合っていたところに、いきなり擦《す》り半鐘が鳴り響いた。擦り半鐘は火元が近いことを知らせるものだ。

麻は部屋から外に飛び出した。

鎧の渡しのあたりから空に向かってうっすらと白い煙が立ち上っているのが見えたのを確認すると、麻はおろおろとするみゆに叫んだ。

——店にいる善九郎さんに、火元は、鎧の渡し付近だと伝えて。風がこっちにむかってるから、急いで。

麻は座敷にかけ戻ると、動転のあまり、まばたきを繰り返すばかりだったみゆの背中を両手でどんと押しやった。

——おみゆさん、小原屋の女将さんでしょ。店の身上を守り、奉公人を守り、旦那さまを守るのがつとめよ。早く行って！

みゆは弾かれたように店に向かって走り、すぐに善九郎と戻ってきた。善九郎は青い顔で麻にいった。

——お麻さんはどうぞ新川におかえりください。ここはもしかしたら。

——お邪魔かもしれないけど、お手伝いさせていただきますわ。

——危険を冒してそこまでしていただく義理はございません。

恐縮してそういった善九郎に、麻は即座に言い返す。

——私、おみゆさんの友だちですから。もちろん、危ないとなれば、すぐに避難いたします。

それから、麻は襷《たすき》をかけ、みゆや小原屋の奉公人とともに、天水桶から水を汲み、顔まで泥だらけになりながら、蔵に水をかけ続けた。

鶴次郎と政吉もかけつけ、善九郎とともに走り回った。

バリバリと建物が崩れる音が聞こえてくる。炎が火の粉をまといながら、這うように近づいてくるのがわかった。

小原屋も類焼を免れないかもしれないと、麻も覚悟した。

だが夕方になって、ようやく鎮火したことを知らせる半鐘が鳴った。待ちわびた音だった。

へたへたと倒れるように座り込んだみゆを座敷に残したまま、麻は外に走った。五軒目まではいつもの町だった。だがその先は鳶に店を壊されている。そしてそのまた先は骨組みだけ残して、すっかり焼け落ちていた。炎のなめつくした場所からは顔がほてるような熱が放たれている。

燃えやすい木造の家にいったん火がつくと、水が不足している江戸では、なかなか火を消すことはできない。そのため、火消は風下の家を壊して延焼を防ぎ、火事の被害をくいとめるのだ。火にやられなくても、家を壊されれば人が住むことはできない。

火事場には大勢の人が呆然と立ちすくんでいた。

通りには、荷物を背負った人や大八車をひいて家に戻ろうとする人たちがごった返している。どの人の顔からも、表情が消えていた。火事と喧嘩は江戸の華といわれるが、火事にあえばすべてを失う。明日を生きる気持ちさえ消えそうになる。

小原屋に戻ると、麻はみゆにいった。

――これからが大店の女将さんの本当の出番よ。おみゆさん、できるだけたくさんご飯を炊いてくださいな。

――ご飯を?

――おにぎりを山とこしらえて、近所の人にふるまうんです。大勢の人がこの火事で家を失ってしまった。荷物を背負って逃げた人も、今、続々と戻ってきています。命は助かっても、みんな途方に暮れている……食べるものどころじゃありません。でも、おなかがすいていると、ろくなことを考えない。おなかがふくれていれば、何があっても負けていられないって思える。こういうとき、大店は気前よくふるまうんです。

――わかりました。

みゆはそういうと、台所に走った。

ご飯が炊きあがると、麻とみゆも女中にまじって、塩むすびを握った。お盆におにぎりをぎっしり並べ、小僧にもたせて、外に出た。火事場の近くで、麻は声をあげた。

――みなさん、おにぎりはいかがですか。小原屋が参りました。どうぞ、召し上がってください。おにぎりを食べて元気を出してください。

麻がみゆに耳打ちすると、みゆは覚悟したような表情になった。それから口の両脇に手をあてた。

――小原屋の女将のみゆでございます。いつも御贔屓いただいているお礼でございます、どうぞお力を落とされませんように。おなかいっぱい召し上がってくださいませ。

次々に小原屋からおにぎりが運ばれてくる。みゆと麻のまわりに人垣ができた。

――ごちそうになるよ。ありがてえ。

――女将さん、きれいだねぇ。

――うめえなぁ……泣けるなあ。

この一件で、小原屋はさすがだと名をあげ、小原屋の女将・みゆは女をあげた。

　後になって、みゆは麻にいった。

――吉原は、出入口は大門ひとつだけ。遊女の足抜《あしぬき》を防ぐため、それ以外は高い塀に囲まれ、さらにまわりにはぐるっとお歯黒どぶと呼ばれる堀が築かれております。火事になっても、火消はおりません。どの町にもある火消は吉原にはいないんです。ですから、火事が起きれば燃えっぱなし。そのうえ、楼主さんが見世《みせ》から出てもいいというまで、遊女は逃げることさえ許されません。そこで育ったものですから、火事と聞いた途端、私、頭が真っ白になってしまいました。何をしていいのか、まったくわからなくなってしまいました。……お麻さんがいなかったら、私は役立たずのお荷物女将になりさがっていた……小原屋の女将として私がすべきことを、教えてくださってありがとう。恩にきます。

――御立派でしたよ。焼け出された人に声をかけなさって。おみゆさんのおかげで、助けられた人、少なくなかったんじゃないかしら。私なんかなんにも。おみゆさんのお人柄で乗り切ったんです。

　以来、みゆは、女中を取り仕切り、奥をまとめるようになった。義理の息子たちの世話もおこたりない。

二年の間に、廓《くるわ》言葉も消え、みゆはすっかり大店の御新造ぶりが身についてきた。世には美しく装うほかには何の興味もなく、毎日呉服屋を呼んでは衣裳の品定めに明け暮れる御新造も少なくない。役者に熱をあげ、芝居三昧《ざんまい》の日々を送る放蕩女将だっている。

そんな女たちより、みゆはよほど素人っぽく、純だった。

みゆとつきあって麻が驚かされたのは、その賢さだった。みゆはとにかく聞き上手で、人の気をそらさない。相手がどんな人でも、平易な言葉で受け答えを続ける。それでいて、少しばかり、いや、かなり頑固なところもあった。

とはいえ、やはり目の縁などにときどき色香がにじむ。凛《りん》としていながら、どことなくはかなげで、はっとするほど艶《あで》やかなのだ。それは、みゆが吉原の出だと麻が知っているから感じることなのかもしれなかったが。

「こんなこと、お麻さんにお願いしていいのかわからないんですけど、お麻さんにしか頼めなくて……」

しばらくして、みゆは思いつめたような表情でいった。

吉原で親しくしていた銀花《ぎんはな》という遊女が病になったという文が先日、届いたという。

みゆは器量のよさを買われ、幼いころから花魁《おいらん》付きの禿《かむろ》をつとめた。銀花はその相方の禿だった。

「私の四つ下なんです。ああいうところでは子どもといっても、どこか世をすねたようなところがあるのが普通なのに、銀花は明るくほがらかで。売られるほど貧乏だった前のどん底の暮らしより吉原のほうがなんぼかましだと、泣き顔ひとつ見せない子でした。年上の私が、銀花に元気づけられることも多かったんです」

吉原は子ども向きのところではない。病を得て命を失う子も多かった。病になればほったらかし。薬も与えられず、ただひとりで寝ているしかないからだ。

「私、子どものころは身体が弱くて、冬はしょっちゅう風邪をひいていました。わきまえのない子ども同士、大喧嘩になって、内儀さんからひどい折檻をされたこともありました。ごまかしがいえなくて、意地っ張りだったから、私、結構にらまれていたんです。熱が続いたり、怪我をしたりすれば、次は自分が浄閑寺《じょうかんじ》に行く番かもしれないって、不安になって。銀花はそんな私のそばに寄り添って、いつも慰めてくれました。みんな自分のことで精いっぱいだったのに」

浄閑寺は、吉原遊廓の近くにある投げ込み寺だ。

「私も銀花もなんとか生き延び、大人になることができました。銀花となんでも分け合い、かばいあってきたんです。銀花がいなかったら私なんかとっくに……今ここにいられなかったでしょう」

銀花は、呼び出しの花魁にまで上り詰めたという。

「呼び出しの花魁とはたいしたものですね」

麻は感心していった。

花魁にも格付けがあり、最高位は呼び出し、次が昼三、そして付廻しとなる。花魁道中を踏めるのは、呼び出しと昼三だけだ。銀花は、遊女の頂点、吉原の華といっていい。

「その銀花が年明け以来、寝たり起きたりしているとかで。せめて薬とお金を届けてやりたいんです。それをお麻さんにお願いしたくて」

「わ、私が、ですか」

麻の声が裏返り、目が丸くなる。

「吉原では、朋輩にも泣き言をいえません。ましてや花魁ともなると、誰にも心を許せない。親身になってくれるのは、せいぜい自分についている新造や禿だけ。けれど、それさえ自分が甘えられる人ではないんです。私が行けたらいいんだけど……。一度吉原を出た身。二度と吉原には足を踏み入れないと誓いました。旦那さまにも決して行ってはならんときつくいわれておりまして」

「でも、私なんか、なんの役にも……」

「身請けされた私を白い目で見ることなく、ごく普通に話してくれたのはお麻さんだけでした。吉原あがりだと馬鹿にされてはならないと鎧をつけていた私の心を、お麻さんがゆるゆると溶かしてくれたんです。……吉原の女は、相手が自分をどう見ているのか、すぐに見破ります。辛い思いをしているときはなおさら。何もおっしゃらなくていいんです。ただ、銀花に元気になってほしいと私が思っていると、伝えていただけませんでしょうか」

麻は、膝の上においた自分の手をみつめ、やがて小さくうなずいた。

麻がみゆの頼みを打ち明けると、台所仕事をしていた菊は目をむいた。

「花魁の見舞いに、お嬢さまが吉原にいらっしゃるんですか。そんな話、聞いたことがありませんよ。どうしてお断りにならなかったんです」

責めるようにいって、菊の長口上が始まった。

吉原は、女にとっては地獄のような場所で、抱え主や内儀が遊女たちを売り物として
えげつなく扱うだの、吉原の遊女に貢いだあげく、勘当された大店の若旦那の話だのを、
まくしたてた。

「何が理由であれ、吉原にいくなんざ、とんでもない話です」

ぷんぷんと言い放った菊の声に鶴次郎の声が重なる。

「お菊、どうしました。えらいおかんむりですな」

振り向くと、鶴次郎と政吉が立っていた。ふたりは船主との打ち合わせに品川《しながわ》まで行
ってきたという。

「だって、旦那さま。お嬢さまったら、吉原に行くなんていうんですよ」

「吉原？　なんでまた」

あっけにとられた顔で、鶴次郎が麻を見た。

「小原屋のおみゆさんから頼まれてしまって……」

「お菊、茶の間にお茶を頼みます。お麻、詳しく教えておくんなはれ。あ、政吉、おま
えにも話を聞いてもらったほうがよさそうだ」

茶の間で、菊が淹れたお茶を飲みながら、麻はみゆから聞いた話を打ちあけた。

「なるほど。そういうことやったのか。……困ったなぁ。明日から四、五日、上方からの酒が届くんで、てんやわんやや。吉原に行ってる暇がなぁ……」

鶴次郎は渋い顔で首を横に振った。

「旦那さまじゃなく、私が頼まれたんですよ」

「それは重々わかってる。けど、お麻は女やで。吉原に、ひとりで使いにだせるかいな。一緒に行かないと心配でたまらん」

麻は、茶簞笥の上においた小さな風呂敷包みを鶴次郎の前においた。

「薬とお金と文を、預かってまいりました。病んでいるなら、一刻でも早くお届けしたい。私がぐずぐずしていて、手遅れにでもなったら、悔やんでも悔やみきれません。……女でも、お針子や野菜売りなどは、吉原に出入りしている者もいるというじゃないですか」

鶴次郎は顎に手をやった。

「政吉。次はいつ、吉原に行く?」

「三日前に行きましたので、次は明日です」

麻は眉をひそめた。真面目だとばかり思っていた政吉が吉原通いをしている? まさかそんなことが。

政吉がぎょっとしたように首をひき、あわただしく手を横にふる。

「いやいやいやいや。そっちじゃなくて、仕事ですよ」

「吉原にもうちのお得意はありますからな」

麻はそうだったと額をぺちっとたたいた。吉原の引手茶屋はもとより、総籬《そうまがき》の大見世、半籬の中見世、吉原の町中にある酒屋『吉忠《よしただ》』などと、千石屋は取引があった。

酒を届けに行くのは、朝四つ半（午前十一時）過ぎだという。

「ちょうどいいわ。だったら明日、政吉についてまいります」

「行くと決まったんかいな」

「善は急げというじゃありませんか。……政吉、頼みますよ」

政吉がへえと頭を下げる。

「で、その花魁がいる見世はどちらでしょうか」

「『和泉屋《いずみや》』だそうです」

「……銀花さんですね」

政吉がつぶやいた。

「よく知ってるわね」

「和泉屋さんはうちのお得意ですから。吉原に出入りしているのに、銀花さんのことを知らない者はもぐりです。そういうことでしたら、今から、吉原にひとっ走り行ってまいります。四郎兵衛会所に大門切手をもらわなければ、女人は吉原に入れませんで」

女が吉原に行って帰ってくるためには、あらかじめ通行書となる切手を手に入れておかなければならなかった。政吉はすぐさま、寒風の中に出て行った。


翌日、麻は泥染めのこっくりした黄土色の紬《つむぎ》に、青の地紋入りの染めの帯を合わせた。地味な組み合わせにしようかとも思ったが、行先が吉原だと特別に考えないほうがよさそうな気がして、明るい気持ちになれるものを選んだ。

白粉をはたき、紅をさす。鏡に、鶴次郎の顔が映った。

「お麻、紅、濃いんと違うか」

「いつも通りですよ。鶴次郎さん、心配してくれてるの？　いくらなんでも、こんな年の花魁はおりませんでしょ」

当たり前のことのようにいって、うふっと笑った麻の度胸の良さに、鶴次郎は一瞬、声を失った。鶴次郎にとって麻は特別な女だが、吉原の花魁とは毛色が違いすぎる。

　折よく部屋に入ってきた菊が話を続ける。

「おりませんとも。何があっても、お嬢さまが花魁に間違えられることはございません。花魁はせいぜい二十六、七までですから。……旦那さまは、女の苦界といわれる吉原を目にしたお嬢さまが悲しい思いをするんじゃないかと、案じていらっしゃるんですよ。そうでございましょう、旦那さま」

「お菊のいう通りや。やっぱりわても行くわ」

「荷はどうなさるんですか」

　麻がふりむいて、鶴次郎を見た。

「佐兵衛にまかせる」

「船頭も荷夫も、旦那さまの、ごくろうさんやったな、を聞きたくて、がんばって運んできなさるのに。いらっしゃらなかったら、どんなにがっかりすることか。……私の面倒は政吉がちゃんとみてくれますよ。吉原にも通じているし、機転もききますから。ほら、これももらってきてくれましたし」

　昨日、政吉が四郎兵衛会所からもらってきた半紙三つ切の紙片をとりだし、麻は首からぶらさげた守り袋にいれ、胸元にしっかりしまった。

「ついでに、政吉と一緒に吉原のお得意さんに御挨拶もしてまいります。こんな機会、滅多にありませんもの」

その後、品川沖に到着した樽廻船から受け取った酒樽を載せた伝馬船が続々と千石屋の艀に入ってきた。

麻は荷揚げの船頭たちに挨拶をすると、それからは台所にこもり、時刻になると、政吉と舟に乗り、山谷堀《さんやぼり》に向かった。舟には二斗樽の酒樽が十ばかり、そして土産の包みがひと山積んである。

山谷堀に着くと、前に並ぶ店から、小僧が大八車をひいてきた。

「ご苦労さんです」

「今日もよろしく頼みます」

千石屋では大八車をその店にあずけていて、吉原への荷運びの時には小僧の手伝いを頼んでいた。

「いつもお世話様でございます。千石屋の女将・麻でございます」
十三、四くらいの、丸顔の小僧は、麻を一瞬、ぽかんと見あげた。大きいと驚かれるのは慣れているが、こうも手放しでびっくりされると、やはり居心地が悪い。麻が苦笑いをすると、小僧ははっとしてお辞儀をした。

政吉と小僧は手際よく酒樽と包みを大八車に積み替え、縄でくくりつける。

「さ、行くぞ」

政吉の掛け声で、大八車が動き出した。政吉が前の引手をひき、小僧が後ろから押し、山谷堀にそって日本堤を進んだ。

麻はその後ろを、歩いた。

途中にはよしず張りの茶屋がずらりと並んでいて、どの店にも客の姿がある。

「このあたりの安い茶屋で腹ごしらえをしてから吉原に入る客も多いんです」

「なるほど。そうしていい調子になって、冷やかしにいくのね」

「はい。一方、中の茶屋を利用するのは、それなりの人ばかりでして、吉原の風情を味わいながら、俳諧の会やら川柳の会やらを楽しむ通人もいるんです」

政吉は大八車をひきながら、麻に吉原の豆知識を披露する。

「うちの旦那さまも、向こうさまのご要望に応じて、吉原の引手茶屋を商談に使うことがありますものね」

吉原の大門は、この日本堤に面しているので、遊びに行く者は必ず土手の上のこの道を歩いていかなければならなかった。

昼前のこの時刻でも、人の往来は多く、夕方には、あふれかえるほどの人が歩き、辻駕籠が行きかうさまがしのばれた。

「旦那さまは、どんな誘いも断り、お帰りになりますので、無粋な野暮天といわれたりもしているようで」

麻はにんまりとうなずいた。

一台で八人が担ぐ荷を運搬できるというので、大八車という名がついたというが、さすがに二十斗は重く、車輪はぎしぎしと音をたてていた。政吉と小僧の額にたちまち汗が浮きはじめる。

「あれが有名な見返り柳で、あの角を左に曲がれば吉原です」

政吉の指の先に、大きな柳が立っていた。二階家ほどの高さがあり、幅もたっぷりしている。もう少し暖かくなれば、全体が若緑色に染まるのだろう。遊び帰りの客が、後ろ髪を引かれる思いで、この柳のあたりで吉原を振り返ることからその名を付けられたという。

左に折れたとたん、下り坂になった。衣紋《えもん》坂と呼ばれる、いわば吉原への道のはじまりである。廓内の立派な屋根が垣間見えるものの、まだ大門は見えない。

くの字になった道の角を過ぎ、五十間《ごじっけん》道に入ってはじめて、大門があらわれた。黒塗りで板葺《ぶ》き、屋根付きの立派な冠木門《かぶきもん》だ。その前には二間（約三・六メートル）幅の堀が広がっている。真っ黒な汚い水が流れているところからお歯黒どぶといわれると聞いていたが、流れは速く、意外なことにそれほど濁っていなかった。

「女将さん、こちらへどうぞ」

大門にたどり着くと、政吉は大八車の引手をおき、首に巻いた手拭いで汗をぬぐいながら、大門左手の瓦屋根の建物に向かった。ここは隠密廻り同心や岡っ引きが常駐し、お尋ね者や怪しげな人物の出入りを見張る面番所だという。

「いつもお世話になっております。下り酒問屋千石屋の女房・麻でございます。本日は切手をちょうだいいたしまして、まかりこしました。気持ちだけですが、どうぞ召し上がってくださいませ」

麻は、つくしんの佃煮を詰めた折詰を差し出し、深々と頭を下げた。

それからその向かい側に建つ板屋根の小屋に向かった。四郎兵衛会所という看板がかけられている。こちらは女の出入りを監視するところで、番人が前に立っている。

切手と佃煮を差し出し、こちらでも麻は丁寧に挨拶した。

会所の男はびっくりしたように、麻を見上げた。出入りする女人の特徴を記す帳面が前に置かれている。

「これほど背が高ければ、誰も間違いようがありませんな」

思わず出たつぶやきに、いかにもいかにもと、笑いが広がったのはいたしかたないにしても、つられたように小僧までもげらげら笑ったのには、さすがの麻もむっとした。

四郎兵衛会所を出たとたん、政吉がぴしゃりと小僧の頭をひっぱたいた。

「無作法に笑うな。女将さんのことを」

麻の背の高さを笑う者がいると、うまく話をそらしたり、たしなめたりする鶴次郎の代わりまで、政吉が買って出ていた。

吉原は碁盤の目のような町で、大門からは仲《なか》の町《ちょう》という大通りがまっすぐに延びている。

町には三味線の音色が流れ、そぞろ歩きをしている男たちが大勢いた。

大通りに、並んでいるのは引手茶屋だけで、その数、百近くにものぼる。

政吉は、まず引手茶屋に注文の酒を届けるという。

麻は店の主に挨拶し、土産の佃煮を渡してまわった。昨日、政吉が切手をもらいに出て行ったすぐ後に、菊を連れ、つくしんであつらえてもらったものだ。引手茶屋の主たちが麻の背に呆然としても、もう小僧は笑ったりしなかった。

吉原で名のある妓楼の、高級遊女と遊ぶには、まず引手茶屋に行かなくてはならない。そこで、客が着替えをしたり、食事をしたりしている間に、引手茶屋は客が登楼する手配を行う。手配がすめば遊女が迎えに来るのを待つか、茶屋の奉公人に案内されて遊女屋にいくという段取りだ。

酒の注文があった引手茶屋だけでなく、麻は日頃つきあいのある二十軒近くの店に顔をだした。それがすむと、酒屋・吉忠に最後の酒を届けた。吉原には酒屋だけでなく、八百屋、魚屋、炭屋、蕎麦屋、湯屋、家具屋などなんでもあって、ここもまたひとつの町でもあった。

途中話し込んだり、引き止められたり、食事をふるまわれたり、そうこうしているうちに、時刻は昼七つ（午後四時）となっていた。

吉原では一日に二度、客を迎える。

昼見世は昼九つ（午後十二時）から昼七つ。夜見世は暮れ六つ（午後六時）からだ。

「では和泉屋にまいりましょうか」

小僧と大八車を返し、麻と政吉はふたりで、大通りと交差する一本目の道を右に曲がった。妓楼は大通りの左右に広がる道沿いに並んでいた。すでに町は静まり返っていた。和泉屋は、間口は十三間（約二三・七メートル）の総籬だった。吉原で最も格式の高い遊女屋のひとつで、遊女たちが客を呼ぶために座る張り見世の格子は朱塗りで、天井まで達している。

格子の中に、きれいどころの遊女が髪を結い上げ、美しい着物を着て、ずらりと並んでいる様はさぞかし華やかだろうが、今は誰もおらず、がらんとしていた。

見世から男が出てきて、箒を使いはじめた。政吉はすかさず、男に近寄ると、いつもお世話になってと切り出した。

「千石屋さん、今日は酒を頼んでるって聞いてないが」

「いや今日は仕事抜きの話で」

男は政吉の後ろに控えている麻に目をやった。

「ずいぶん、でっかい女だな」

「こちらは、うちの女将さんで……」

「なんで、千石屋の女将さんがこんなところに」

あきれたように麻を見上げている男に、麻は頭を下げた。

「いつも千石屋を御贔屓いただいてありがとうございます。女将の麻でございます。実は折り入って、ご主人様にお目にかかりたいことがございまして」

「今、旦那さんはお出かけで。内儀さんならおりますが……」

「お取次ぎ、お願いできますか」

麻は男にそっと小銭を握らせ、もう一度頭を下げた。男が中に入ってすぐに、派手な着物に身を包んだ太った中年の女が出てきた。髷を大きく結い、貫禄がある。

「まあ、千石屋さんの女将さんがわざわざ。聞いておりましたよ、千石屋さんの女将さんは上背があるって。私は横幅のほうですが。はじめてでございますね。お目にかかるのは」

女にしてはどすのきいた野太い声でいった。その声といい、表情といい、それだけで人を圧倒するような迫力がある。麻は包みをさしだした。

「いつもご注文いただき、ありがとうございます。今後ともどうぞよろしくお付き合いくださいませ。これ、つまらないものですが、どうぞ召し上がってください」

「まあ、なんでございましょう。あら美味しそうなにおいが。佃煮？」

包みを鼻にあてて匂いをかいで、内儀がつぶやく。

「ええ。お口に合えばいいんですけど」

内儀の表情が和らいだのを機に、麻は、銀花のことを切り出した。

とたんに和泉屋の内儀の顔から笑顔が消えた。素人の女が何をしにきたというような険が目の縁に浮かび、眉間に縦皺が刻まれる。

「うちの花魁と、千石屋さんと何かご縁がありましたかね」

「いいえ」

「だったらなんです？　もめごと、やっかいごとなら、いくら千石屋さんとはいえ、御免こうむりますよ」

声も一段と低くなり、耳の中にねじりこむようなねちっこい話し方に変わった。

「そんなつもりはございません。ただ、銀花さんに一目、お目にかかりたいとまかりこした次第で」

「どういうわけで、銀花に？」

ひるむなと、麻は自分にいい聞かせ、静かにいう。

「銀花さんの塩梅《あんばい》がよくないようだと聞きまして……」

「それを誰に聞いたっていうんです？」

内儀は声を荒げた。銀花の病を伝えてきたのは、みゆが懇意にしていた遣り手だとは聞いていた。遣り手は、遊女の監督から、客と遊女の仲介、客の品定めなどをする役どころで、身請けされぬまま年季を迎えた遊女である場合が多い。

だが、みゆは遣り手が教えて寄こしたことは、絶対に主や内儀に知られないようにしてほしいと、麻にきつく釘を刺した。妓楼の中のことを、外に漏らすのはご法度。遣り手とはいえ、それがばれれば、ただではすまないからと。

「誰がというのではございません。花魁である銀花さんが見世に出ていらっしゃらなければ、それが吉原の噂にもなりましょう。ひいては外の人にも伝わりましょう。……それをたまたま、小原屋のおみゆさんが耳にしたようでして」

「小原屋のおみゆ、深雪が。深雪と千石屋さんとはどういう？」

内儀は麻を射るような目でにらむ。

「親しくお付き合いをさせていただいております。それでおみゆさんがご心配なさって、私に様子を見てきてくれと」

内儀の眉間の縦皺はますます深くなった。唇をかみ、まばたきもせずにいう。

「まったく困ったもんだ。そんな噂が広まれば……商売あがったりで」

「……ちょっとでいいので、お目にかかれませんでしょうか」

なんということのない相手なら、この内儀は、どんな事情があろうと、頑としてはねつけるだろう。だが麻は千石屋という付き合いのある大店の御新造だ。和泉屋の内儀は、頭の中で素早く損得の算盤を弾いているようだった。

やがて内儀はしぶしぶうなずいた。

「銀花の具合が悪いことは、他言しないと約束してもらいますよ」

「もちろんでございます」

「……では。どうぞ、こちらに」

政吉を外で待たせ、麻は内儀について、妓楼に入った。

中に入ったとたん、無数の視線が麻につきささってきた。一階の広間で、襟元をゆるめ、足を崩し、飯を食べていた遊女たちがいっせいに箸をとめ、麻を凝視している。

素人の年増が妓楼に何をしに来たのか。

場違いな女が入ってくるんじゃない。

それにしても、頭が鴨居にぶつかりそうじゃないか。

敵意や怒りのようなものが痛いほどぶつかってくる。

「振袖新造や禿をつけて、浅草にある、うちの寮で療養したらどうかといったのに、銀花はそれには及ばないと、断ったんですよ。そのくせ自分の部屋では、音がうるさいと、昨晩から稼ぎの悪い遊女が療養する行灯部屋になんか自分から入って。あの子は昔からへそ曲がりでしてね……」

内儀が麻を連れて行ったのは、一階のいちばん奥にある部屋の前だった。

「銀花、入るよ」

返事も待たずに、内儀はふすまを開けた。冷たく湿った、薄暗い部屋だった。壁際の天井までの棚には、無数の行灯が納められている。

わずかな隙間に敷かれた煎餅布団に銀花は身を横たえていた。差し込んだ弱々しい光が、青白い銀花の顔を照らす。卵のようなきれいな輪郭をした小さな顔が浮かび上がった。銀花はゆっくり起き上がり、布団の上に横座りになった。

「なんでありんすか。急にふすまを開けなすったりして」

「お客さんだよ」

「お客さんって、わっちに？　どなたでありんす」

まぶしそうに眼を細めて、銀花は麻に目をやった。

「下り酒問屋の千石屋さんの女将さん。深雪のお使いで来てくださったそうだよ」

「深雪姉さんの？」

銀花は値踏みするように、じっと麻を見た。寄るものを拒むような、暗くきつい目だ。

やがて銀花は麻からすっと目をそらした。

「お内儀さん、髪結いを私の部屋に呼んでおくんなんし」

とたんに、内儀の表情が崩れた。

「見世にでるのかい？」

「あい。今晩から」

「上等だ、休んだ分、稼いでもらうよ」

内儀が出ていくと、銀花は禿を呼び、布団を畳むように命じた。

立ち上がろうとした銀花の身体が、ふらりとよろめいた。思わず伸ばした麻の手を、

銀花はぴしゃりと打った。

「余計な手出しは無用でありんす。話はわっちの部屋でお聞きしなんす」

銀花は枕元に畳んでおいてあった若草色の裲襠《りょうとう》を羽織り、部屋の外に出た。遊女たちがいる広間を突き切り、入口の裏にある階段を上る。遊女の部屋は二階である。

「さすが銀花姉さんだ。行灯部屋からの行先はあの世と決まっているのに、一晩で出て来たとはたまげなんした」

銀花に目をやって、遊女たちが声をひそめる。

「無理をすると、また倒れなんす」

「御職をはっていても、年増でありんすから」

裲襠の褄《つま》をもち、銀花は一段一段ゆっくり上がっていく。

銀花は階段の半分のところで立ち止まると、褄を下ろし、くるりと振りむいた。遊女たちが、はっと息を呑んだ。

化粧っけもなく、髪は後ろでひとつに結ったままだ。だが銀花の顔は内側から発光しているかのように輝いている。

白くなめらかな肌が美しい。黒目がちの切れ長の大きな目。形のいい、筋の通った鼻。唇は小さいながらもふっくらとして、笑っているようにきゅっと口角があがっている。

途方もなく艶やかなのだ。風の中にすくっと立っているような凜とした強さも感じさせる。

麻は、花魁が特別な存在なのだと、見せつけられた思いがした。

花魁はおいそれと、手に入る遊女ではない。

花魁が初めて客に会うことを「初会」、その次に会うことを「裏を返す」といい、客は三回目にしてやっと床入れがかなう。だが、花魁が嫌だと言えば、それまでだ。

花魁は客を選ぶ。選べる。

首尾よく花魁と結ばれる時、客は、禿から板前、遣り手婆、草履番に至るまで、遊廓で働いている人すべてに、ご祝儀を渡すのが決まりでもあった。吉原では一夜で千両が舞う。他に、一日で千両が動くのは、歌舞伎と魚河岸だけである。

銀花は顎をわずかにあげ、下の広間にいる遊女たちに目をやった。静まり返った中に、銀花の声が響く。

「いいたいことがあるなら、わっちの前でいいなんし」

しゅっと衣擦《きぬず》れの音をさせ、踵を返し、銀花は階段を上り切った。裲襠に、金糸で刺繡された鳳凰《ほうおう》が大きな羽を広げ、上っていくかのように。

二階にあがったところに、店なら帳場とでもよべそうな、見晴らしのいい場所が設けられていた。ふとあたりを見回した麻に、銀花がいった。

「そこは内証。あっちは遣り手部屋でありんす」

そのとき、遣り手部屋にいた年配の女と麻の目があった。麻が会釈をすると、かすかに目をふせる。確信はないが、みゆに文を書いたのはその女のような気がした。

布団がずらっと置かれた大部屋の前を通り過ぎた。布団と布団の間は屏風一枚で、形ばかり仕切られている。こういう商売だとはわかっている。きれいごとをいう気もない。それにしても、あまりの生々しさに、麻は背中がすっと冷えていく。

それから簡素な部屋をいくつも通り過ぎた。銀花はやがて、小さな御殿のような部屋の前で足を止めた。

螺鈿《らでん》の棚、朱塗りの小簞笥、錦織の座布団に脇息《きょうそく》、九谷焼の火鉢がおかれている。

頂点を究めた花魁・銀花の居室だった。

禿が手回しよく、火鉢に火の熾った炭を入れていた。

「どうぞお入りなんし」

銀花は部屋に入ると、崩れるように脇息にもたれた。息が荒い。

「大丈夫ですか」

「気づかいは無用でありんす。座布団をつかっておくんなんし」

銀花に勧められるまま、銀花の前の座布団に座った。座布団は厚さ三寸（約一〇センチ）もあるだろうか。こんなに分厚い座布団は、お寺のご住職も使わない。

銀花は禿にお茶を淹れるようにいった。禿が席を外すと、麻は懐から文を、巾着から薬と金の包みをとりだし、銀花のほうに畳の上をそっとすべらせた。

「おみゆさんから、お預かりしてまいりました」

銀花が先に手をのばしたのは文だった。白く細い指で文を開き、目を走らせる。やがて小さく息をはき、文を閉じ、懐に入れた。

それからしゅんと洟をすすり、銀花は薬と金を両手で押しいただいた。

「ありがたく頂戴しなんす」

戻ってきた禿が、盆にお茶を載せてきた。盆も茶托も上等な漆塗り。湯呑は面取りをした白磁で、口元にだけ呉須で絵付してある。

そのとき白いものが混じった髪を首の後ろでまとめた女が部屋の前で膝をついた。櫛や椿油、かもじが入った台箱を携えている。髪結いである。

「銀花さん、お加減いかがかと心配してました。年明けから続けざまに三度も、ひどい風邪をひかれて。今年の風邪は質が悪いようですね」

「ようやく咳がぬけなんした。胸の痛みさえなくなれば……あとは日薬でありんす」

「ご無理をなさらないでくださいよ」

髪結いは気づかわしげにいったが、銀花は話は終わりだというように、すっと顔をあげた。

「大きく結い上げてくれなんし」

失礼しますと声をかけ、髪結いは銀花の後ろにまわった。

首の後ろでひとつに結んでいた髪をほどくと腰まである見事な黒髪がばさりと広がった。

髪結いは銀花の長い髪を丹念に梳《す》いていく。それからたっぷり椿油を塗りつけた。部屋中に椿油の甘いにおいが漂っていく。

「深雪姉さんは元気でありんすか」

銀花はぶっきらぼうに麻に話しかけた。

「はい。お元気です」

「おふたりは、どういうおつきあいでありんすか」

「家が近く、お互い商家で、気が合うものですから、たまにお会いしているんですよ」

「それは結構でありんす」

髪結いが銀花の髪を左右に分け、横に大きく広げ髷をつくりはじめた。髪を元結で結ぶたびに、銀花はかすかに顔をしかめた。顔が上にひっぱられるほど、きつく結んでいる。

「ふくらみはこのくらいでいいですか」

銀花は漆塗りの手鏡ふたつを合わせ鏡にして、後ろ、横、うなじなどを確かめ、うなずいた。

一筋の乱れもなく、髪をなでつけ、髪結いは満足したようにつぶやく。

「横兵庫がいちばん似合うのは、やはり銀花さんだ」

台箱に道具をしまい、髪結いは部屋の外に出た。

「着物の着付けが終わりましたら、仕上げにまいります」

「あい。ご苦労さん」

大きな蝶が羽をひろげたような髪型が、銀花の輪郭や目鼻立ちの美しさを引き立てていた。

「見事なものですね。銀花さんのおきれいなこと。女の私もうっとり酔いしれてしまいます」

「こんな髪を続けていたら、いずれ、頭がはげなんす」

にこりともせず、銀花はいった。麻は目を丸くし、次の瞬間ぷっと噴き出した。銀花の思いもかけぬ言葉に、緊張の糸がぷつっと切れて、麻の笑いがとまらなくなった。

「よくもそこまで大口をあけて、笑えるものでござんすね」

銀花は、麻を軽くにらむ。それでも笑いが止まらない麻につられたように、結局、銀花も笑い出した。笑ったせいか、銀花はこんこんと咳をした。

「いやでありんす。また咳が……」

「ごめんなさい。私が笑ったせいで……」

「おかげさまで久しぶりに笑いなんした。おかしな人でありんすね、お麻さんは」

「銀花さんがおかしいから。吉原一の花魁だっていうのに、あんなことといって」

麻はまたくつくつ笑う。

「お麻さんは、いける口でありんすか」

銀花は麻に向き直った。

「酒問屋の生まれでございますから」

「つきあっておくんなんし」

「お身体に障りませんか……」

「ちょいとだけ」

「おつきあいさせていただきます」

銀花が薄く笑い、禿に酒を持ってくるよういいつけた。

「わっちのところに、深雪姉さんが下戸を寄こすことはないでありんす」

銀花はいける口なのだろう。そういって、肩をそっとすくめる。

「あいにく、酒の肴はありんせんが」

麻ははっとして、そばにおいていた風呂敷包みを開き、杉折詰をふたつ取り出した。

「銀花さんに食べていただこうと思って、作ってまいりましたの」

蓋を開くと、ひとつめの折詰には、卵焼き、紅白のかまぼこ、里芋の煮ころがし、小松菜と油揚げのさっと煮、焼き豆腐とがんもと椎茸の含め煮、ごぼうの太煮が、もうひとつの折詰には、小さな焼きおにぎりが五個ばかりと、しょうがの甘酢漬け、沢庵、山椒の佃煮が並んでいた。

「わっちにこれを」

「素人の料理ですから、ほんのお口汚しですが……」

今朝、菊と二人で、こしらえたものだった。

――花魁は、毎日美味しいものばかり食べて、舌がこえているんじゃないですか。こんなんでいいんですかね。お嬢さま、やっぱり鯛を奮発したほうがよかったんじゃないですか。

――お客がお料理を食べても、花魁はそうはいかないって、おみゆさんがいってたわよ。食べればほっとするようなお菜がいいと思う。特別なものじゃないほうがいいのよ。

銀花は目元を緩め、手を合わせた。

徳利と盃を持ってきた禿は、先ほど布団を畳んでいた女の子だった。十歳くらいだろうか。朱色の着物がかわいらしい。ふたりの盃に酒を満たした禿の口に、銀花は一切れ、卵焼きを運んでやり、麻に目をやった。

「このお人が作ってくださったんでありんすよ」

「御馳走様でありんす。ほっぺたが落ちそうでありんす」

禿は顔をほころばせ、麻に深々とお辞儀をして出て行った。

麻と銀花は、目をあわせ、盃をかかげた。

「花筏ですわね。うちのお酒です」

盃を鼻に近づけるなり、麻がいう。

「わっちはこの酒が好きでありんす。女将さんは利き酒をなさるんでありんすか」

「毎日飲んでいるのでわかるというだけで」

くすっと銀花が笑った。

「豪快でありんすね」

「女のくせにはしたないといわれたりもするんですの。でも酒問屋ですのでお酒は売るほどございまして」

「もしや、ご亭主は下戸ではありんせんか」

一瞬にして麻は真顔になった。銀花が鶴次郎を知っている？　鶴次郎は何もいっていなかったが、銀花と面識があるのか。やましいことがないなら隠すこともないのに。努めて平静に麻はいう。

「ええ。匂いだけで酔ってしまうこともあるほどで」

「以前、ご亭主の話をどなたかが話していたんでありんす。宴会がすむと、一番先にお帰りになるって。酒が飲めないからか、それとも女将さんに頭があがらないからかと」

麻はほっと胸をなでおろしつつ、口をとがらせた。

「頭があがらないだなんて、あの人、のほほんとしてるようで、案外しっかりしているんですのよ。……その方は蚤の夫婦とかいってませんでした？　背はだいたい同じなのに、髷の分だけ私が高く見えるから。態度も大きいと思われがちで……損しているんですのよ、この上背のせいで私」

ころころと銀花が笑う。

「ご亭主は女将さんに首ったけだという噂も聞きなんした。女将さんも、ご亭主に、ほの字でありんすね。お幸せでありんす」

別の禿が入ってきて、ふたりに酌をした。炭を火鉢に入れていた禿だ。その禿にも、銀花は卵焼きを食べさせてやり、酌はいいので下がっているようにといった。

「卵焼きが食べたくて、酌にきたんでありんす、あの子も」

「年中、おなかがすいてますものね、あの年頃は。おつきの禿ですか。どちらもお人形のようにかわいいこと」

「ふたり、お神酒《みき》徳利みたいに仲が良いのでありんす」

銀花とみゆも、かつてはあんな禿だったのだろうと、麻が思ったとき、ふっと銀花が息をはいた。

「深雪姉さんとは、どんな話をなさってるんでありんすか」

「どんな？　なんでしょう。花が咲いた、あたたかくなった、美味しいお酒が手に入った、猫がこんなことをした、そんなことでしょうか」

銀花は身を乗り出した。

「お麻さん、猫を飼っていなさるんでありんすか」

「ええ。二匹。まだ子猫なんです」

「うらやましいでありんす」

「銀花さんも猫がお好きなの？」

「年季が明けたら、わっちは猫を飼って暮らすと決めているんでありんす」

「ぜひそうなさいませ。猫はおもしろいですよ。ただ障子は、年中張り替えるのを覚悟しないと。ひっかいてすぐに穴をあけてしまうから」

「障子の張り替えなんて、やったことがないざんす」

「全部を張り替えなくてもいいんですよ。穴が開いたところに、小さく切った障子紙を糊《のり》で貼り付ければ。うちでは、桜の花の形に切ったものを貼り付けているんです。というわけで、どの部屋も、いつも満開の桜ですの」

「年中、満開の桜でありんすか」

「それをまた破りますから、八重咲の桜も。それに泥足で外から帰ってくれば、縁側といい茶の間といい、拭き掃除は一日に何回も」

「手がかかる子ほどかわいい。そういうことでありんすね」

銀花は盃を口に運んでいう。まだ本調子ではないからだろう。盃を持っても、唇を濡らすだけのようだった。

「どうしたわけか、お麻さんを前にしていたら、なんだかふと……遠い昔、わっちが禿のころのことを思いだしなんした。……遊女が自分のことを話すのはご法度ですが、問わず語りと思って、聞いておくんなんし」

それから銀花は低い声で語り始めた。

吉原に来たのは九歳のときだったという。

「口減らしのために売られてきたんでありんす。故郷はここから三日ばかり歩いた、海の近くの貧乏な村でありんした。吉原へ行けば毎日、白いおまんまが食べられるし、きれいな着物が着られる。これも親孝行だと思って堪忍しておくれといわれて、ここがどんなところかも知らずに連れてこられたんでありんす」

銀花が禿としてついたのは、花魁・浮雲《うきくも》だった。そこで出会ったのが、先輩禿の深雪だった。

「浮雲姉さんは付廻しの花魁でござんした。ほっそりしていて、優しい人でありんした。言葉からしぐさまで荒っぽい、山出しのわっちを引き受けるはめになって、往生なさったはず。でも根気よく、しつけてくれたのでありんす」

「おみゆさんは、銀花さんにお世話になったと言っておられましたよ」

「とんでもない。その逆でありんす」

吉原でのしきたりや廓言葉はもちろん、三味線、お茶、短歌、書道……様々な芸事の稽古。銀花には覚えなくてはならないことが山積みだった。

「生真面目な深雪姉さんと違って、わっちは気ままが抜けず、お師匠さんにも叱られどおしで……稽古がいやだとすねるわっちを、深雪姉さんが引きずって連れて行ってくれたこともありんした」

深雪は陰になり日向《ひなた》になり、銀花の面倒をみてくれたという。

「今にして思うと、人気のある浮雲姉さんは、他の遊女に悋気《りんき》されていたんでござんしょう。といって、浮雲姉さんに直接、ぶつけることはできんせん。そこで、お付きの禿や新造にあたるんでありんす。ちょっとしたことでぶったり、つきとばしたり、ものを隠したり、盗んだり。気が強いわっちはされるままになるのがいやで、相手に向かっていくので、その態度が悪いと内儀さんに折檻されたこともありんした。そんなわっちを、深雪姉さんはどんなときも、かばってくれなんした」

やがて年長の深雪は花魁見習いの振袖新造となり、花魁の客が被った時には「名代」といって、花魁の代わりに客の相手もするようになった。

「深雪姉さんは振袖新造から花魁になるはずで、内儀さんたちもそのつもりでありんした」

だが、深雪は花魁にならなかった。

「どうして？」

「水揚げをすると名乗りをあげた旦那さんを袖になさったんでありんす。姉さんを最高の花魁に仕立て上げると意気込んで、いくらでも銭を出そうという旦那さんを」

――せっかくですが、お気持ちだけいただきなんす。

深雪はきっぱり断った。

――お前という女は。わしの何が気に入らんのだ。

顔をつぶされたと怒りをあらわにした男に、深雪はひと言も言い訳をせず、ただ頭をさげ続けた。

「あれほど多額の銭を出そうという客を断るなんて。その場にいたわっちも胸がつぶれるほどどたまげなんした。内儀さんたちの怒りもすさまじく……その旦那の手前、別の人をたてるわけにもいかず深雪姉さんが花魁になる道は立ち消えなんした」

深雪は、振袖新造から留袖新造に落とされ、座敷持ちの遊女となった。

そのころ、花魁・浮雲は病で臥せっていたという。体調が悪いのに無理をおして見世に出続け、そのあげく倒れてしまったのだ。浮雲は遊女たちの面倒見がよく、そのため借金がかさんでいた。

浮雲が押し込められていたのは、先ほどまで銀花が寝ていた行灯部屋だった。

「あれほど、お金を稼いだのに、ろくに食事も与えられず、あんな部屋で……」

「もしや……」

銀花もまた治る見込みのない病に冒されているのではないかと、麻はにわかに不安になった。その気持ちを見透かしたように、銀花はいう。

「わっちはまだ生きなんすよ」

ひとつ息を吐き話を続ける。

「花魁は気楽な生業《なりわい》ではありんせん。花魁になった者ではないとわからない苦労もありんす。わっち付きの禿、新造などのかかりの一切合切を稼ぎ養うのも、わっちの仕事。御職をはる花魁であれば、他の遊女の身の振り方や妓楼のことも考えなくてはなりんせん。あのとき、行灯部屋で養生しながら浮雲姉さんは何を考えていたんだろう、そう思いながら、わっちは籠っていたんでありんす」

思い出したのは、浮雲の言葉だったという。

――運命に逆らうのはしんどい。けれど、それで新しい流れに出会うこともありんす。

――照る日、雨の日あるけれど、毎日、違う朝がくるんでありんす。

――遊女というだけでさげすまれ、憐れまれることもありんす。だからといって、自分で自分を憐れむのは、天に唾することでありんす。

「まだ生きているのだから、生きなければもったいない。どうせ生きるなら一生懸命、いきなんし。銀花、しっかりしなんし、……浮雲姉さんの声がわっちの耳の奥に確かに聞こえた気がしなんした」

浮雲は、生きて行灯部屋を出ることはなかったという。

健やかなとき、人は先のことは深くは考えない。だが、病を得て、自分の命のはかなさを知れば、自分の来し方、行く末を改めて考える。先を歩く人の生き方も知りたくなる。

それにしてもなぜ、深雪は花魁になる道を棒に振ってまでその男を拒んだのだろう。花魁になれば客を選ぶこともできる。それ以外の遊女は、どんな客も受け入れなくてはならなかったというのに。

麻が思い切って尋ねると、銀花はつぶやくようにいった。

「みんな、深雪姉さんは大馬鹿ものだと口を揃えなんした。それまでもてはやされていた分、風当たりもきつうありんした。けれど深雪姉さんはそのわけを一切、口にしなかったんでありんす」

ただひとつ、思いあたることがあると、銀花は続けた。

「いくらでも金を出すという旦那は、浮雲姉さんの旦那の商売仇でありんした。その旦那は浮雲姉さんが病になったことを喜んでおりなんした。これで、深雪姉さんがいちばんの花魁になれると笑っておりなんした」

「ひどい男、そんな人に頼りたくないという、おみゆさんの気持ちがわかる気がする……」

麻が低くつぶやいた。

「……わっちが花魁になれたのは、姉さんが花魁にならなかったからでありんす。一つの妓楼に、何人もの花魁は不要。深雪姉さんが花魁であれば、わっちは座敷持ちだったはずでありんした。……でもなぜ深雪姉さんは、お麻さんを今日、わざわざここに遣わしたんでござんしょう」

「なぜって？」

「もしかして……病になったわっちのみじめな姿を見たかったたんでござんしょうか」

麻は絶句した。そんな風に思われるなんて、みゆがかわいそうすぎる。

「おみゆさんがそんなことを思うわけがありません。心から、銀花さんのこと、ご心配なさってましたよ。銀花さんのこと、実の妹みたいに思っててらっしゃるんじゃないですか」

「妹？　そんなはず、ありんせん。……深雪姉さんが座敷持ちに落とされたとき、わっちは正直、心の中で手を打って喜んだんでござんす。これでわっちにも、花魁になる目が出てきたと。深雪姉さんが、わっちのその気持ちに気づいてなかったわけがありんせん。それからというもの、わっちは姉さんを避けてきなんした」

花魁になりたい。

銀花がそう思うことは別に不思議でも何でもない。どこにいたって何をやっても、吉原ならなおのこと、上り詰めたいと思うのが普通だろう。

けれど花魁の座は限られている。あっちが花魁になれば、こっちはなれない。あっちがならなければ、こっちにも希望が残る。

仲の良い間柄ならなおのこと、銀花の気持ちは複雑だったに違いなかった。

「深雪姉さんの年季があと一年となったとき、小原屋さんが身請けをなさることになりなんした。吉原を出る日、深雪姉さんがこの部屋に挨拶にきてくれたのでありんす。妹分だったわっちから挨拶に行くのが、筋でありなんしたのに」

――銀花さん、これまでお世話になりなんした。

――深雪姉さん、おめでとうござんす。いい人に身請けをしてもらって、何よりでなによりんした。

――ありがとうございんす。年季が明けたとき、借金がきれいになっていたら、遣り手婆に、借金が残っていたら切り見世に見世替えをするしかありんせんと思っていなんした。それが、こういう形で、ここを出ることになったとは。世の中、何が起きるかわからないでありりんす。

――身請けされて門を出ても、妾《めかけ》で終わる者がほとんどでありんすのに、深雪姉さんはこれから、大店の女将さんでありんす。胸をはって表通りを歩けなんす。姉さんの心掛けの良さを、神様が見ていて、ご褒美をくれたんでありんす。どうぞ、旦那さまと仲良く、幸せに生きておくんなんし。

――銀花さんも、体に気を付けて、どうぞ生き抜いておくんなんし。

「わっちは了見が狭い女でありんした。最後の日、言葉だけは丁寧に話をしなんしたが、深雪姉さんは、自分の幸せを自慢するためにやってきたと、わっちはそっぽを向いて話していたんでありんす。でもあれは……」

「本心からおみゆさんは銀花さんのこと、思ってらっしゃったと思います。おみゆさんと私は短いつきあいですけど、おみゆさんは人をねたんだり羨《うらや》んだり、自分の幸せを自慢するような人ではないという気がいたしますもの」

麻はいった。銀花がうなずく。

「あい。お麻さんのいう通りでありんす。それがわかっていたのに。……わっちは結局、深雪姉さんに負けたような気もしておりんした。深雪姉さんに置き去りにされるような、身の置き所のない気持ちになってもおりんした。……つきあいは絶えていても、姉さんがここにいる、いてくれるというだけでわっちは安堵しておりんした。……深雪姉さんが吉原を出ていけば、わっちはひとりぼっちになりんす。それが辛くて悲しくて、深雪姉さんの顔が見られなかったような気もしなんす」

「銀花さんの本当の気持ちがわかっているから、おみゆさんは今も銀花さんのこと、気にかけてらっしゃるんじゃないでしょうか」

「今もわっちのこと、妹分だと思ってくれていなさるんでござんしょうか」

「ええ。もちろんですよ」

銀花は黙り込んだ。

しばらくして銀花は顔をあげ、麻の顔をのぞきこむ。

「花魁になるのを断った深雪姉さんは変わり者でありんすが、お麻さんも、相当に風変わりでありんす。大店の御新造さまが遊女相手にこんなに真剣に話をして……」

銀花の目に涙がいっぱいたまっていた。


やがて、銀花は盃をおいた。自分から飲むと言ったのに、小さな盃に二杯ばかりあけただけだ。麻が作ってきた弁当は、小鳥がほんの少しついばんだような具合で、ほとんど残ったままだった。

「御馳走様でありんした。これは、明日の朝の楽しみにいたしんす」

禿を呼び、お膳を片付け、化粧の用意をするようにいった。

「では私はそろそろ」

「お麻さん、もし、お時間がおありなら、用意がすっかり出来上がるまでどうぞ、見ていっておくんなんし」

帰ろうと腰をあげかけた麻を、銀花は引き止めた。

「銀花さんのお邪魔じゃありませんか」

「見てもらいたいんでありんす」

それから、銀花はほんの少しだけ、別間に入った。化粧の用意を禿が整えると、また出てきて朱塗りの鏡台に向かった。

ぐいと胸元をはだけ、禿がといた白粉を首と顔に刷毛で塗り始めた。首の後ろは、禿が手伝う。流れるようなしぐさで、肌を仕上げる。

最後に口に紅を塗り、目の縁にも紅をひくと、妖艶《ようえん》さが加わった。

次は着替えだ。正絹の長襦袢に、桜色の小袖、さらに朱色の小袖を重ね、金糸銀糸で松竹梅に菊、牡丹、もみじなどの刺繍がびっしりとほどこされた俎帯を前でだらりと結ぶ。そして、黒と空色の地色に百花が咲き乱れる中を、無数の鶴が白い羽を広げ飛ぶ裲襠を羽織った。

髪結いが戻ってきて、櫛を二枚重ねづけにし、鼈甲《べっこう》のかんざしと笄を次々にさしていく。その数、十本はくだらない。首から上で家一軒といわれる豪華さだ。

「これもさしておくんなんし」

鼈甲でできた小さな鶴がゆれるかんざしを、銀花は最後に髪結いに渡した。

いつのまにか日が傾いて、禿が行灯に火を入れたと思うや、内儀が入ってきて、引手茶屋で待つ客の名前を告げた。

「承知しなんした。お迎えにあがりなんす」

「道中、歩けるかい？　まだ身体が本調子じゃないんだろ。歩き始めたら引き返すわけにはいかない。行けば帰ってこなければならないんだ。引手茶屋に案内させたところで、文句はでないよ。だいたいおまえはこれまでだって、滅多に迎えに出張っていったりしてないんだから、今回もそうかとお客は思ってくれるさ」

「心配ご無用でありんす」

きっぱりそういうと、銀花はぷいと横を向いた。

「言い出したら聞かないから、銀花は。……じゃあ、そのように引手茶屋には返事をしとくよ。いいんだね」

「あい」

内儀が部屋を出ていくと、麻は銀花にいった。

「まるで乙姫様みたいにきれい。女の私でも、どきどきしてしまうわ。でも内儀さんのいう通り、無理なさらないで」

「無理を通すのが吉原でありんす」

それから、銀花はぽつりとつぶやいた。

「今日、お麻さんと話をして深雪姉さんがあの旦那さんを袖にしなんした、その気持ちがようやくわかったような気がしんす」

「私も……」

「お麻さんも？」

「はい」

麻は銀花にうなずいた。

銀花と時を過ごしながら遊女は男と床入れするのが仕事であるが、同じ女であることに変わりない。

いくら通り過ぎるものといっても、男に大切なものを踏みにじられたり、辱めをうけたりすれば、悲しく悔しく、腸《はらわた》が煮え繰り返ることだってあるだろう。禿として、新造として、妓楼の中で育ったみゆは、女たちのそうした姿をつぶさに見てきたはずだ。

だが遊女になれば、そのすべてを受け入れて生きていくしかない。花魁だって、例外ではない。

けれど、みゆはたった一度、自分の意思を通した。それが自分を辛い立場に追い込むとわかっていながら。

この先、どんなにやりきれないことが待ち受けていても、恩ある浮雲の不運を喜ぶような男を旦那にはしない。人でなしに自分の運命をゆだねはしない、と。

「おみゆさんは、生きていくための矜持《きょうじ》、女としての誇りを守った……そんな気がします」

銀花はうなずき、低くつぶやく。

「そうでありんすね……お麻さんのいう通りでありんす」

しゃりしゃりという鈴の音が妓楼に鳴り響いた。

時は暮六つ（午後六時）。夜見世の始まりを告げる「張り見世の鈴」である。

と同時に、「清掻《すががき》」の三味線の演奏が始まり、妓楼がにわかに活気づいた。遊女たちがいっせいに、張り見世に向かう。

「深雪姉さんに、これを渡しておくんなんし。銀花は元気だったと伝えておくんなんし」

銀花は胸元からだした文を、麻に手渡した。いつ、銀花はこれを書いたのか。化粧をする前、わずかに別間に姿を消したときだろうか。

「お預かりいたします。……銀花さん、年季が明けたら、必ず、うちを訪ねていらしてください。おみゆさんと三人で、花筏を飲みましょう。猫も待っております。……どうぞ、その日までお元気で」

銀花の口元がふっとほころぶ。

「お麻さん、お会いできて幸いでありなんした。ご機嫌よろしゅう」

部屋の前で待っていた禿や振袖新造にうなずき、銀花は衣擦《きぬず》れの音をさせ、歩き出した。

麻も妓楼の外に出た。すべての店に灯りがともされ、吉原の町は不夜城のように明るい。

「女将さん、お待ちしてました」

店先で麻を待っていた政吉が駆け寄ってきた。

「待たせてしまってごめんね」

「あ、花魁道中がはじまりましたよ。銀花さんだ。すげえ。きれいだなぁ」

銀花を指さし、政吉は目を輝かせた。仕事で出入りしていても、夜の吉原、ましてや花魁道中を見るのは政吉もはじめてのようだった。

提灯を持った男衆を先頭に、両脇には二人の禿、後ろには二人の新造を従えた銀花が歩き始めた。

白い鶴が舞う華やかな仕掛、大きく結われた髷には、たくさんのかんざしや笄が光っている。かんざしの小さな鶴が揺れている。素足に黒塗りの高下駄をはき、昂然《こうぜん》と顔を上げ、練り歩く銀花は、限りなく優雅で、どこか物憂げで、妖《あや》しくもある。

誰もが足を止め、その姿に見惚れていた。

銀花はこの姿を麻に見せたかったのだ。

病上がりで体が万全ではないのに、無理をおして花魁道中をしているのは、麻を通して、深雪に伝えたかったからだ。銀花は、口元に笑みを浮かべ挑むようにまっすぐに前を見つめながら進む。まるで前に深雪が見えているかのように。

深雪姉さん、銀花は今も吉原の華でありんす。

銀花の全身が、そう叫んでいた。

「銀花花魁、日本一」という男たちの叫び声が次々にあがった。

翌日、麻は船荷を鶴次郎とともに出迎え、船頭と荷夫たちをねぎらい、届いた酒を仕入れようと待ち構えている仲買たちの相手をした。

やっと手があいて、麻が小原屋に使いをだしたのは、八つ半（午後三時）をまわったころだった。みゆはすぐに駆け付けて来た。

座敷に入ると、みゆは座布団を外し、深々と頭を下げた。品のいい濃紫の鮫小紋に半幅の帯を低めに締めている。

「お忙しいところ、吉原までわざわざ行っていただいたとか。無理な願いをお聞きいただき、本当にありがとうございました。……で、銀花とは会えたのでございましょうか」

「どうぞ、お手をあげて。座布団も使ってくださいな。……お会いしてまいりましたよ、銀花さんに」

みゆは顔をあげた。

「ほんとに? お頼みしていてなんですけれど、銀花のことですから、むげに断るようなことがなければいいがと、危惧しておりました。で、どんな具合でしたでしょう。伏せっておりましたか」

菊がお膳と、徳利と盃を運んできて、ふたりに酌をし、部屋の外に控えた。菊は朝から、なんとしてでも、麻とみゆの話を聞かねばと意気込んでいた。

「このお酒、花筏を、銀花さんと飲んでまいりましたよ」

「銀花、起きていたんですか？　お酒を……飲めるくらい元気になっていたんですか。あの子がはじめて会ったお麻さんとお酒を飲むなんて……」

みゆは身を乗り出した。

麻は和泉屋にあがってからのいきさつを、詳しく話してきかせた。

行灯部屋で一晩寝ていた件《くだり》では、驚きを隠せなかったが、見世に出るといい、髪を結い、化粧をはじめたというと、みゆはうなずき、そっと涙をぬぐった。

「銀花さんの花魁道中のきれいだったこと、まだ瞼の裏にその姿が残ってます」

「花魁道中を？　病上がりの銀花がいきなり？　……あの子は、私がいるころから、上客でもなかなか迎えに行かないことでも知られた花魁だったのに」

行灯部屋にこもったのは、銀花とみゆがついていた花魁・浮雲のことを考えたかったからのようだというと、みゆは目をみはった。

「銀花、しっかりしなんし、という浮雲さんの声が聞こえたような気がしたっておっしゃっていました」

「浮雲姉さん……懐かしい。懐が深く、穏やかな人でね。亡くなってもなお、浮雲姉さんは銀花を守ってくれているんですね」

遠い目をしてみゆはうなずく。

みゆが花魁にならなかったから、銀花は花魁になれたといっていたと伝えると、みゆはわずかに眉をひそめた。

「あの子はまだそんなことを」

「でも今になって、ようやくあのときのおみゆさんの気持ちが少しわかってきた気がするとも」

黙ってみゆは盃を口にし、目をしばたたく。

「……そうですか。そんな風にいってましたか。……相手がお麻さんだったから心を開いたんでしょう」

みゆはふっと息をつく。

「吉原では女は売り物ですから。花魁といっても、人である前に品物であり、捨て石です。きらびやかな世界の底に、嫉妬や羨望など、どぎつく醜いものがよどんでおります。ですから、よほどでないと、その中で生きる遊女は人に心を許さないんですよ」

ふっと息をはき、みゆは続ける。

「けれど、こちらの世界もいいことばかりではありませんよね。私が善九郎の元に嫁いだとき、向けられた冷ややかなまなざしは辛いものでした。今でも陰で、吉原あがりと冷ややかな目を向ける人は少なくありません。……でもお麻さんは私を私として扱ってくれました。銀花が心を許したのも、それだからでしょう」

麻は、銀花から受け取った文をみゆに渡した。

みゆは一度押しいただき、文を開いた。文面を追うみゆの目から涙がぽろぽろと零れ落ちる。みゆは文を麻に差し出した。

「どうぞ読んでください」

「よろしいんですか」

「読んでいただきたいんです」

麻は文を開いた。

『深雪姉さま、

銀花は生きている限り、精いっぱい生きなんす。

深雪姉さまにもう一度会えますように。

深雪姉さまも、お元気でいておくんなんし。

会う日を楽しみに歩んでいきなんす。

妹　銀花より』

楷書で勢いよく書いてある。傍らに愛らしい鶴の絵が描いてあった。

「あの子、書を一生懸命練習して、きれいなくずし文字を書けるようになったのに、わざと子どものころみたいな大きな字で……鶴の絵も昔のまんま。銀花、鶴が大好きなんです。鶴は羽があるから、どこへでも飛んでいけるって」

みゆが涙をおさえながらいう。

「そういえば、小さな鶴が揺れるかんざしをさしていらっしゃいました。髪結いさんに、これをさしてくれって、わざわざ差し出して……」

麻がそういうと、みゆの目にまた涙が盛り上がった。

「鶴のかんざし……使ってくれていたんですか」

それはみゆが吉原を出る日に、銀花に渡した、みゆのかんざしだという。

「花魁道中のときに、鶴がゆらゆらと揺れて、とてもきれいでした。銀花さんを守っているのは、浮雲さんだけでないんですね。おみゆさんも」

そのとき菊のたしなめるような声が聞こえた。

「これこれ、お客様ですよ。座敷に入ったらだめだっていうのに」

茶々とこげ太の二匹の猫は菊に追われて、座敷を一周するとまた飛び出していく。

「元気がいいこと。かわいらしいですわね」

「ごめんなさいね。行儀が悪くて。いってもきかなくて」

「猫ですもの」

「……銀花さんは年季が明けたら猫を飼いたいんですって」

「猫を？　銀花が猫好きだなんて知らなかった」

「ですから、まずはうちに遊びに来てくださいと申し上げましたの。おみゆさんと三人で飲みましょうって。ついでにうちの猫を見ていただいたら、ほんとに飼うか考えられますでしょう。飼ってからこんなはずじゃなかったとなったら大変ですし」

「まあ、三人で集まれたら……夢のよう。本当にそういう日がくるといいんですけど」

「来ますよ、きっと」

麻にみゆがしっかりとうなずく。

やがてみゆは、腰をあげた。

夕暮れで、重く黒い雲がたれこめていた。

みゆも麻も襟を掻き合わせ、店の脇の路地を抜けていく。その姿を目にした酒仲買の男たちがほ〜っと声を漏らした。

「色っぽいねぇ。小原屋の女将さんだよ」

「やっぱりなぁ。艶っぽさが違うよ」

男たちの軽口が耳に入ったのか、みゆは苦笑した。

「おみゆさん、またいらしてね。またご一緒いたしましょう」

麻は大きな声でいい、元気をだしてというように、みゆの背中をぽんとたたいた。

遠ざかるみゆの背を見送りながら、麻は思った。

人の口には戸がたてられない。

みゆの過去をあれこれ言う人はこれからもなくならないだろう。

でも、みゆにとって、過去は忘れたいだけのものではない。銀花や浮雲との大事な思い出が詰まっている。それが今のみゆを作り、銀花を支えてもいる。

店に入ろうとしたとき、ぽとんと頰に小さな雨粒があたった。

麻は空を見上げた。霧のように細かい雨が降り出していた。

鈍色の空に、銀花やみゆの顔が浮かぶ。笑っているような泣いているような。

雨は、みゆや銀花の思いを含んで降っているような気がした。

第五章　笑う月

「どうしたんです？　何かもめていたみたいですけど」

店から戻ってきた麻に、台所にいた菊が尋ねた。

先日来、気温が急にあがり、南風が吹き出した。桜の便りもまもなくの、昼下がりである。

「店の前で派手な喧嘩があったのよ」

「往来で？　この真っ昼間に？」

大声で怒鳴り合う声に驚き、麻と鶴次郎は外に走り出た。騒ぎがあれば首をつっこまずにいられない江戸者のこと、通行人は足を止め、すでに人垣を作っていた。

「まさか、血を見たんじゃ……」

「幸い、そこまでは」

だが、目を三角にして向かい合っているふたりの横顔を見て、麻と鶴次郎は腰を抜かさんばかりに驚いた。

懇意にしている請酒屋『杉下《すぎした》』の主と息子であった。

「杉下の旦那さん？　あの温厚な三左衛門《さんざえもん》さんが？　息子さん……六輔《ろくすけ》さんでしたっけ？　おふたりが親子喧嘩なんて」

杉下は本町《ほんちょう》一丁目にある老舗《しにせ》の請酒屋で、辺り一帯の居酒店をはじめ、煮売茶屋、料理屋、神社仏閣などに酒を納めている。小売りもしており、量り売りで酒を買いにくる客のために、貸し出しの通い徳利をずらりと並べていた。

三左衛門は四十を少しまわった働き盛り。息子の六輔は二十代半ばで、若旦那として働きぶりも堂に入っている。

――三左衛門さん、落ち着いてください。

腕を振り上げ、六輔につかみかかろうとした三左衛門を鶴次郎は大声でいさめ、すかさずふたりの間に割り込んだ。そのすきに六輔は、捨て台詞《ぜりふ》を吐いて走り去る。

――ちゃんと働いているんだ。文句はいわせねえ。

――ちゃんと働いてるだと？　いわれたように動いていればいいってもんじゃねえ。

怒りで顔を真っ赤にした三左衛門を麻と鶴次郎はなだめすかし、店で落ち着くまで酒を飲ませていたのだった。

先月、麻が杉下に顔を出したときには、長姉のみさ、次姉のさえも嫁ぎ、あとは六輔の嫁取りだと、三左衛門はご機嫌で語っていた。

あれからひと月あまり、いったい六輔に何があったというのだろう。

――とんだところをお見せしてしまい、お恥ずかしい。穴があったら入りたい。

ため息をつき通しで、苦り切っていた三左衛門も、麻とさしつさされつし、酒がまわるにつれ、「まあ、なるようになるしかない」と、少しばかり気を持ち直して、帰って行った。肩をおとした三左衛門の後ろ姿は、十も老けたように見えた。

長い付き合いの麻にはわかった。なるようになれ、などとは、三左衛門は決して思っていない。六輔をあきらめることなんて、三左衛門にはできはしない。六輔は三左衛門の大切な自慢の息子なのだ。

その証拠に、三左衛門は最後まで、息子と喧嘩になった理由をひとこともらさなかった。息子に悪い評判をたてたくないと、三左衛門が六輔をかばって口を閉じていたようにも思われた。

ひと口に、請酒屋の主といっても、人柄はさまざまだ。

三左衛門は中でも手堅い商売人だった。親から引き継いだ御贔屓を大事にし、新たな取引先を少しずつ増やしている。新しい店ができるという噂を聞けば、開店前にその店の主をつきとめ、酒を卸す手はずを整える。

それほど順調に商売をしていながら、「どれほど粉骨砕身働いても、商売はいつ傾くかわからない」というのが三左衛門の口癖だった。

その信念があるからか、三左衛門は自分の代になってから、儲けた金でこつこつ土地を買い、貸家を増やしていた。日本橋だけでなく、浅草などにも長屋を持っているという噂だった。

といって、三左衛門は銭にばかり拘泥する、けちな男ではない。奉公人に厳しく当たり、酷使するようなこともない。祭りには、他の店と同じように出すべきものは、快く支払う。懐が深く、客や奉公人、町の人からも慕われる男だった。何より、酒好きで、それも楽しい酒だった。

ただ贅沢をしないことに関しては徹底していた。冬でも木綿ものを身に着け、書画骨董の類には決して手を出さない。

麻が三左衛門の息子の六輔とはじめて会ったのは、今から十年ほど前の正月だ。年始の挨拶に、三左衛門が千石屋に六輔を連れて来た。

その日、六輔は麻を見上げ、「でっかい」とつぶやき、しばらくの間、目を丸くしていた。それからにっと笑った。

「背が高くて、かっこいいぜ」

半鐘泥棒、大女……背のことを話題にされることは多くても、かっこいいだなんて、ほめことばを頂戴することはめったにあるものではない。それに気をよくし、六輔は麻のお気に入りになった。杉下に行くときには、麻は六輔が好きな大福や最中を持参し、そっと手渡したりもした。

六輔はいつも、小僧や手代と一緒に、汗水たらし、働いていた。麻が渡した菓子を、一緒に働く者に、惜しげなく分けてやるような子だった。

そして今では、六輔は三左衛門の右腕となった。三左衛門の跡を立派に継ぐ、いい商売人になるに違いないと、麻も期待していたのだ。

「何が喧嘩の原因なんです？　よっぽどのことなんでしょうね」

菊が詰め寄ったが、麻は、さあと首をひねることしかできない。

三左衛門が通りでつかみかかろうとしたのだから、菊のいうようによほどのことには違いないのだが、まるで見当がつかなかった。

「いやいや、三左衛門さんも大変やな」

八つ(午後二時)時になると、鶴次郎が店から戻ってきた。酒を飲まない鶴次郎は、この時刻に甘いものを食べるのを、楽しみにしている。

麻は茶の間の長火鉢の奥に座り、茶箪笥から湯呑と急須をとりだした。火鉢にかけていた鉄瓶をとり、湯冷ましにお湯を注ぎ、じっくりと緑茶を淹れる。

「今日のお菓子は何かいな」

「草餅と豆大福。先ほど『三笠屋《みかさや》』さんまでいってきましたの」

「それはありがたい」

鶴次郎の顔がふっとほころんだ。

三笠屋は小松町にある小さな菓子屋だが、豆の香りがして甘さがほどほどのあんこが絶品だった。

鶴次郎のこの笑顔が見たくて、近頃、麻は五日に一度は、小松町まで足を延ばす。

「お菊もおやつにしましょう」

麻が声をかけると、菊は二つ返事で茶の間に入ってきた。話題はやっぱり三左衛門と六輔だ。

「二十四歳で独り者でしたよね、六輔さん。何かあったんでしょうか。嫁とりもまだだし、いろいろ屈託もあるんでしょうかねぇ」

菊がしたり顔で続ける。

「放蕩息子のすることは決まっています。博打、酒、女。このどれか。……ああ、美味しい。やっぱり三笠屋の大福は格別でございますね」

菊は子がないからか、発言が容赦ない。

「あんこと餅の塩梅がこたえられへんなぁ。……でも、六輔さん、仕事はきちっとやってると、政吉がいってたで」

「往来で、自分でもそういってましたよね」

麻がうなずく。

――ちゃんと働いているんだ。文句はいわせねえ。

ふんと菊が鼻で笑う。

「そんなことを、いうってこと自体が子どもですよ。親父さんが目配りし、仕切ってるからこそ、店がなりたっているのに」

「博打、酒、女……お菊のいうことはもっともだが、どれも金がかかるで。金がなくては、そのどの遊びもできひんがな」

「お金を店から持ち出したんじゃないですか。それがばれたとか」

大福を食べ終えた菊は、草餅に手を伸ばす。

あのしっかり者の三左衛門の目を盗み、店の金に手をつけるなんてできるだろうか。

それに六輔は清廉潔白といわんばかりの顔をしていた。

「六輔さん、そんなことしない気がするけど」

「そう思いたいが……」

鶴次郎と麻は顔を見合わせ、ため息をついた。

数日後、麻は政吉と、大伝馬町から両国広小路にかけての取引先を回って歩いた。

そろそろ花見どきで、花見といったら、酒がなくては始まらない。どの店からもいつもの二割増しの注文があり、麻はほくほくしていた。

「女将さん、ご存知ですか？　三笠屋さん、店を閉めるそうですよ」

帰り道、政吉がぽつりといった。

「ほんとに？　三日前にも大福を買いにいったばかりよ。でもどうして……あそこ、息子さんいたじゃない」

　息子も菓子作りの筋がよく、これなら三笠屋のあんこは安泰だと、もっぱらの評判だったのだ。

「その息子さんが借金をこしらえちまったんで」

「まさか」

「……悪い連中にそそのかされちまったようですよ。借金のために店を売らなくちゃならなくなったそうで」

　播磨屋の番頭だった久次郎のことが麻の頭をよぎった。久次郎は博打の借金のために店の品物を勝手に安く売って代金を自分の懐に入れた上、麻の幼馴染のなおを売り飛ばそうとした男だった。まじめに務めれば播磨屋の番頭として、安定した将来が約束されていたのに。

　ここにもまた、借金で人生をふいにする馬鹿がいた。どうしてこうもやすやすと、道を踏み外す輩がいるのだろう。

　三笠屋の店でいつも相対していた女房の笑顔が麻の脳裏に浮かんだ。

――うちの大福を御贔屓くださってありがとうございます。ひとつおまけしておきますよ。

——そろそろ桜餅をはじめようと思っているんです。早く桜が咲くといいですね。

女房は麻にいつもふたことみこと、声をかけてくれた。店を出るときは女房の「毎度ありがとうございます」に、「またお待ちしてやす」という奥で作業をする亭主と息子の声が重なった。

三笠屋の息子は、自分が築いた信用と腕、親が守ってきた身上や暖簾を、自分の借金のせいで失う、その重さをわかっていたのだろうか。

「あんなに美味しいあんこ、他になかったのに」

鶴次郎ががっくり肩を落とす様が目に浮かんだ。

鶴次郎のその気持ちが痛いほど、麻にはわかる。鶴次郎にとっての三笠屋のあんこは、麻の剣菱や花筏のようなものだ。剣菱や花筏が上方から届かなくなったら、麻の一日の楽しみは半減してしまうだろう。

「主のおとっつぁんは職人肌で、借金取りが押し掛けてくるまで、息子が店の金を持ち出しているとは気が付かなかったとか」

「政吉がなんで、三笠屋のそんな事情まで知っているの？」

「うちの旦那さまが三笠屋の菓子を贔屓にしていると『米田屋《よねだや》』の手代に話をしたとき、こっそり教えてくれたんですよ」

――その店、残念ながら、もう長くないようですよ。

米田屋は式部小路《しきぶこうじ》にある請酒屋だ。小松町は式部小路のどん詰まりにある。米田屋から三笠屋は目と鼻の先だった。

「そのうえ米田屋は、三笠屋の隣の酒屋に、うちの花筏を卸してましてね」

三笠屋の隣に、こぎれいな酒屋があった。確か、『野本屋《のもとや》』だったか。

隣同士ということもあり、三笠屋の主と、野本屋の主は親しかったという。三笠屋の主は野本屋の主に、借金のことを打ち明け、野本屋の主は米田屋の手代にそれを愚痴ったということらしい。

――助けられるものなら助けてやりたい。けどなあ、おいらが助けられる金額ではなかった。三笠屋さん、真面目一筋に生きて来たのに、むごい話よ。

野本屋の主は暗い表情でそういっていたという。

「気の毒に……」

麻の口からため息がもれた。

日ごとに、日が長くなっている。七つ半（午後五時）を過ぎても、まだ空には明るみが残っていたが、柳橋に近づくと、料亭が並ぶ通りには赤い提灯がともり始めた。

そのときだった。

「あれ、六輔さんじゃないですか？」

政吉が、提灯が揺れる一軒の店のあたりを指さした。

六輔が店の中を覗いている。こちらの気配に気づいたのか、六輔が麻に振り向き、はっとしたように頭を下げた。

麻は人並み外れて背が高いので、相手が見間違えることがない。それも良し悪《よあ》しであるのだけれど。

六輔は、すぐに踵を返し、あっという間に人込みにまぎれて見えなくなった。

「今からどこへ行くのやら。三笠屋さんみたいなことにならなければいいですけれど。いい人なんですよ、六輔さん、本当に」

政吉はしみじみといった。

三笠屋のことが気になり、麻と政吉は帰りに日本橋を渡り、小松町まで足を延ばした。

三笠屋の店の戸口に、『一身上の理由により、暖簾を下ろすことになりました。これまでのご愛顧、ありがとうございました。店主』という貼り紙が風に揺れていた。

「一昨日《おととい》まで店をあけていたんだよ。珍しく早じまいだねなんて話してさ。そしたら、翌朝には引っ越していっちまった。何があったのか。親の代から、ここで商売をしていたのに」

貼り紙を見つめ立ちすくんでいた麻と政吉に、近所の女が残念そうにいった。三笠屋の店主夫婦と息子はどこにいってしまったのか。店を失い、これからどうするのだろう。

生き直しができないとはいわない。生きている以上、生きていかなければいけないのだから。けれど、生き直しは、一から始めるよりも、はるかに厳しく難しい。後悔と未練は、前を向こうとする力の妨げになることがある。

杉下の三左衛門夫婦がやってきたのは翌日の夕方だった。

「先日、恥ずかしいところをお見せしてしまい、不調法いたしました。お察しの通り、六輔のことで、今、うちはガタガタしております。うちの奴と話して、おふたりを煩わせるのは大変申し訳ないと思いつつ、打ち明けられるのは千石屋さんの鶴次郎さんとお麻さんをおいてほかはないということになりまして」

座敷に座るなり、三左衛門は切り出した。酒焼けで赤い顔をしている三左衛門はどっしりと体格がよく、女房のゆりはほっそりちんまりしている。ゆりは小柄な体をさらに小さく丸めて、三左衛門の体に隠れるように座っていた。

「私らでお役にたつことができますかどうか、わかりませんが、まずは事情をお聞かせいただけますか」

鶴次郎がいうと、三左衛門は身を乗り出した。

六輔は毎日店に出てはいる。だが三左衛門と顔を合わせないように、朝から酒を卸している店を廻り歩き、夕方、注文をとって店に戻ってくる。それを終えると、家からすっと姿を消し、帰宅するのは夜遅くだと、三左衛門は苦い顔でいった。

「以前もひと月に数度は出かけておりました。若いから、つきあいもあるだろうと何も言わず、送り出しておりまして……。けれど、このごろは毎晩、家を空けるようになっちまいました。……女しか考えられない。夜遅くまで出歩かないと会えないような女。たいがい、飲み屋か色街の女でしょう」

三左衛門の眉間に深い縦皺が刻まれている。

「六輔さんにはお聞きになったんですか」

「ええ」

「なんておっしゃっているんですか」

――おれが何しようがいいだろ。やることはやってるんだ。放っておいてくれ。

六輔は投げやりな態度でいい、家をでていってしまうのだという。

「いったい、どういうつもりなのか」

話がすすむにつれ、三左衛門の頭に、また血が上っていくのが目に見えるようだった。

菊がお膳と酒を運んできて、三左衛門とゆり、麻と鶴次郎の前に置いた。鶴次郎はもちろん、酒ではなく、お茶である。お膳には、こんにゃくの味噌田楽、蓮のきんぴら、すりこぎで叩いてからことこと時間をかけて煮た蛸の柔らか煮が並んでいる。

麻と鶴次郎が勧めると、三左衛門は盃をすいっとあけた。

「ですが、私はもちろん女房も、余分な金を六輔に一切、渡しておりません」

「以前から、六輔が必要といえば、その分の金を私が手渡ししておりました。ですが、このひと月というもの、お金をくれということもなく……六輔は金ももたずに出歩いているんです」

ゆりが小さな声でいい添える。鶴次郎は天井を見上げ、顎をなでた。

「聞きにくいことをお聞きしますが、家から内緒で金を持ち出しているようなことは」

「店の金庫も、家のものも改めましたが、そんな気配は一切なく……」

「まさか、借金をしているとか?」

「そんなことはないと、本人はいっておりますが、本当かどうか」

麻は口を開いた。

「六輔さんがないというなら、借金はしていないと思いますわ。六輔さんは嘘をつくような人ではありませんもの」

麻がとっさにいうと、ゆりが泣きそうな顔でうなずいた。息子を信じたいゆりの気持ちが、その表情にあらわれている。万が一、京太郎が同じようなことになったら、麻もまたゆりのような表情になるだろう。

「では……六輔さんは、毎晩、どこで何をしているんだ? 金を払わず、いられるところ……もしかしたら友だちの家ということはありませんか?」

「だったら、親に打ち明けるのではありますまいか」

三左衛門の声がつまった。

「あの子が誰と親しくしているかは、わかっているつもりです。ですから、友だちにもそれとなく聞いてみたんですけど、誰も知らないようで……」

ゆりがひきとっていう。

「友だちが口止めされているとは考えられませんか」

「それを疑わなかったわけではありません。でも、そんなことはないような気がいたしますが」

「とすると、友だちにも打ち明けていないところに行っていることになりますな」

「女ですよ。親にいえないような女。妾奉公をしているとか、商売女とか」

吐き捨てるように、三左衛門はつぶやいた。

「妾ならともかく、商売女だとしたら、六輔さんが店に支払う金を、女が肩代わりしてるということになりますな」

鶴次郎もさすがに、表情をくもらせた。

男の支払いを肩代わりすれば、それが女の持ち出しとなり、女の借金が増えることになる。会えば会うほど、女は借金でがんじがらめになる。

六輔は、それがわかっていて、ぬけぬけと女の元に通うような男だろうか。

万が一、そうであるとすれば、いずれにっちもさっちもいかなくなる。心中なんてことになったら目もあてられない。

とはいえ、麻には六輔がそんな男だとは考えられなかった。

「若いころにはいろいろありますから、あまり急かさず、様子をみては……。いずれきっと六輔さんから事情を打ち明けてくれるのではありますまいか」

鶴次郎は申し訳なさそうにいった。決まりきった口上だが、それ以上の言葉が思いつかない。

「せめて六輔がどこに……どこの誰のところに通っているかわかったら、手の打ちようもありましょうに」

つぶやくようにいい、ゆりが唇を強くかんだ。気が付くと麻はこういっていた。

「どうぞ、お力を落とされませんように。私も気を付けてみますので」

三左衛門とゆりを送ると、鶴次郎は麻に向き直った。

「気を付けてみるって、何をどうする気なんや？」

「三左衛門さんとおゆりさん、気の毒で放っておけなくてつい口から出てしまって。……旦那さま、何か、私たちにできることありませんかしら。いい考えがありましたら、教えてくださいませな」

鶴次郎は苦笑した。

翌日、麻は、六輔の働きぶりをじかにみてみようと、政吉を伴い杉下に向かった。いいお天気のせいか、本町通りはいつにもまして、人通りが多い。

「あら、お麻ちゃん！」

美園の声がした。料理屋・薫寿の女将で、麻の親しい友である美園が、通りの向こうを歩いていた。

麻の背が高いので、友人知人はどんな人込みでも麻を見つける。たまにはこっちから声をかけたいのに、声をかけられるのはいつも麻だ。

美園は、ひと目で芸者とわかる若い娘を連れていた。白襟、紋付きの小袖、丸帯をきりっと締めている。

「はじめまして」

麻は美園の連れの芸者にも微笑みかけた。二十代半ばくらいだろうか。麻ほどではないが、こちらもすらっと背が高い。大きな目がきれいだった。

「芸者の乙葉《おとは》でござんす」

麻を見上げ、乙葉はいった。しみひとつないなめらかな肌が、春の光をまっすぐ跳ね返している。

「今晩、先様のご指名でお座敷に出てもらうの。三味線と歌がとてもお上手なのよ。……こちらは私の幼馴染で、下り酒問屋・千石屋の女将のお麻さん」

「麻でございます」

乙葉が頭を下げる。

「ご主人様の鶴次郎さんには、御贔屓いただいております」

「女将さんは背が高いって、聞いてたでしょ」

美園が口をはさんだ。乙葉はおっとりとうなずく。

「はい。華やかな方だとも聞いておりました。その通りでござんすね」

いったい、誰がそんな誉め言葉をいったのだろう。そんな洒落たことをいってくれそうな人が、鶴次郎のまわりにいただろうか。どの顔も浮かばない。

「うちは酒屋なのに、旦那さまはお酒が飲めなくて……」

「でも飲んでいる方々よりもお上手に、いつも場を盛り上げてくださって」

「それで、長っちりはしないの。さっと帰るのよ、いつでも。ね」

美園が続け、麻を見て、肩をすくめた。

「女将さんにぞっこんだと評判でござんすから」

乙葉の声は柔らかく心地よかった。

「三味線が上手で、その声、その美貌じゃ、お座敷に引っ張りだこでしょうね」

「そう、売れっ子よ。客あしらいも上手なの」

「まだまだでござんす」

美園が麻にたずねる。

「お麻ちゃんはこれからどちらに？」

「ちょっとそこの、杉下さんまで」

麻は杉下のほうを指さした。

「それじゃ、また」

ふたりを見送り、麻はまた歩き出す。だが、数歩進んだところで足を止めた。

「杉下に行くのは、今日はやめにするわ」

「どうしたんです？」

「ちょっと気になったことがあって、ごめん、政吉」

家に戻った麻は、鶴次郎としばし話し込んだ。

店を閉めると、麻は鶴次郎とともに瀬戸物町にある薫寿に向かった。

ほの暗い通りを、商家の軒行灯が照らしている。とはいえ、それがあっても、かろうじて人の顔がわかるかどうかの明るさだ。

瀬戸物町は、伊勢町《いせちょう》と室町《むろまち》に挟まれた、瀬戸物を商う店が集まっている町だ。もちろん瀬戸物屋ばかりではなく、水菓子屋や乾物問屋も軒を並べている。

薫寿はその瀬戸物町の室町寄りにある、名のある料理屋だった。さほど大きな店ではないが、腕のいい板前を揃えていて、味はもちろん器やしつらえでも、目が肥えた客をもうならせる。風流人の会合にもよく利用されていた。

「お待ちしていましたわ」

女将の美園がふたりを出迎える。

「突然、勝手をいって、わるかったわね」

「何をおっしゃる。お客さんになっていただけるんですもの、大歓迎よ。幸い、ちょうどその部屋もあいていたし。……どうぞ、お入りくださいませ」

本日、麻が美園と会うのは三度目だ。一度目は本町通りで。二度目は昼の客がはけたところを狙って、麻が薫寿を訪ね、今晩の夜の食事と部屋を手配してもらった。そして今、である。

案内されたのは、坪庭に面した八畳間だった。床の間には真っ赤な椿が一輪、活けてある。「柳緑花紅」と柔らかな字で書かれた掛け軸がかけてあった。

隣はすでにいい調子になっているらしく、人の声がこちらまで聞こえてくる。

「にぎやかですみません」

「こちらがお願いしたことですから」

麻は苦笑しながらいった。

すぐにお膳が運ばれてきた。ひらめのおつくり、焼き豆腐と干し椎茸の煮しめ、鯛の味噌漬け焼き、厚焼き卵、小芋と海老《えび》とこんにゃくの煮物、菜の花の辛和え、タラの芽の天ぷらなどの品々がならんでいる。

鶴次郎は徳利を手に取り、麻の盃に注いだ。その時、三味線の音が隣の部屋から聞こえ、人の声が続いた。

――乙葉、ちょいと早いが、桜の歌でも歌ってくれ。

――あい、承知でござんす。

♪夜桜や浮かれ烏がまいまいと
花の木陰に誰やらが居るわいな
とぼけしゃんすな
芽吹き柳が風にもまれて
エェふうわり　ふうわりと
オォサそうじゃいな　そうじゃわいな♪

サビのある柔らかい三味線の音色に、濁りなくすっきりとした乙葉の声がなじんで、心地よい。

鶴次郎が満足げに、厚焼き卵を箸でつまんだ。

「いい気分やなぁ。お麻の顔を見て、乙葉の艶っぽい歌を聴きながら、御馳走を食べるとは……」

「ほんとねえ。春の宵に、こんな時間を持てるなんて。お酒の美味しいこと」

「さ、もっと飲みなはれ」

鶴次郎がすかさず、麻の盃に酒をついだ。

どうやら、隣は川柳の集まりのようだった。やがて披露のときがきた。

――子を持ってやっと己の馬鹿を知る

――姑は近所の嫁の贔屓なり

――できた仲二人揃って風邪をひき

川柳を読み上げる声に、三味線の音色が重なる。

「お隣の皆さま、なかなかの巧者ですわね。つい笑ってしまいそう」

「ほんまやな。けど大声をだしたら、耳を澄ましているのがばれてまう。ここは静かにせんとあきません。お麻、我慢や、我慢」

ふたりで声を潜めながら、ほほ笑み合う。

途中、隣の部屋に遅れてきた男がふたりばかり、加わった。最初からいたのは声を聞く限り、年配の人ばかりだったが、新たに加わったのはどちらも若い男のようだった。

耳を澄ます麻と鶴次郎の表情に真剣さが増した。

「お邪魔いたします」

甘味を食べ終えたとき、美園が挨拶にきた。

「いかがでございますか。お口に合いましたでしょうか」

「どれも結構なお味で、堪能させていただきました」

鶴次郎が美園に会釈した。麻は美園に小声で耳打ちする。

「あとからいらしたおふた方、知ってる人？」

「ええ、いつものみなさんですから」

「どなたか聞いてもいい？」

美園がかすかに困ったように眉を顰《ひそ》める。

「大伝馬町の傘屋の若旦那さんと、米沢町《よねざわちょう》の唐辛子屋の若旦那さんよ。それが何か？」

名前はださずに、美園は答えた。

「違ったか」

「もしかしたらと思うたが……」

顔を見合わせてため息をついた麻と鶴次郎を見て、美園がじれたようにいう。

「なんなの？　わかるように話してよ。乙葉さんが呼ばれた隣の部屋でご飯を食べたいっていう変な頼みをしたわけも聞かせて」

軽くにらんでいる美園を麻は手招きして、ささやく。

「もしかしたら、乙葉さんと杉下の若旦那の六輔さんが逢引きをしているんじゃないかって思って」

麻は、三左衛門から聞いた話を美園にかいつまんで打ち明けた。

「今日、本町通りで会ったじゃない？　私が杉下といったとき、乙葉さんがなんか変だったの」

そのとき、乙葉ははっと目をみはり、次の瞬間、あわてて目をふせたのだ。

「ただごとじゃない。何かあると思って」

「お麻ちゃん！　それを最初にいってくれたらよかったのよ」

今度は美園が麻と鶴次郎を手招きした。その話を聞いた二人の目が真ん丸になった。

やがて、隣の集まりはお開きとなり、麻と鶴次郎も腰をあげた。

「今日はおそろいでありがとうございました」

「また寄せてもらいますわ。たまには夫婦で料理屋もええもんやな」

「ほんと、美味しかったわ。さすが食道楽の美園ちゃんが女将の店ね」

麻は笑顔で挨拶しつつ、ちらっと奥に目をやった。帳場の近くで、乙葉は三味線を袋に入れ、帰り支度をしていた。

「駕籠をお呼びいたしましょうか」

とりあえず、そういった美園に、打ち合わせ通り、鶴次郎が答える。

「歩いてもすぐや。ふたりなら歩くのも乙粋やしな」

「お熱いこと。御馳走様ですわ」

「それじゃまた」

「またおいでくださいまし」

提灯に火をつけてもらい、ふたりは外に出た。

背後で、乙葉が外に出てくる気配がした。

「おねえさん、お世話になりました」

「たくさんご祝儀もらった？」

「おかげさまで。またよろしくお願いします」

鶴次郎が提灯の火をふっと消し、麻の手をひっぱり、街路の柳の木の陰に連れ込み、ぎゅっと思いきり抱きしめた。

「ちょ、ちょっと。な、なに」

「ええから黙って」

鶴次郎が唇を柔らかく押し付ける。

その直後、二人の傍らを通り過ぎた乙葉に、すっと駆け寄ってきた者がいた。

「ごくろうさんだったなぁ。疲れてないか」

男は、乙葉の提灯と三味線を受け取る。

「私は大丈夫。待たせてしまって堪忍」

麻は、鶴次郎の肩越しに目をこらした。提灯の灯りに浮かび上がったのは、六輔だった。

――杉下の若旦那、乙葉のお座敷をかけたことなんてないわよ。このひと月というもの、毎晩、乙葉の迎えをかってでてるの。乙葉が雇っていた女中が、おっかさんの調子が悪くて、小梅村《こうめむら》の実家に帰ったんだって。それ以来、ひとりで乙葉に夜道を歩かせるわけにはいかないって、杉下の若旦那が夜の送り迎えをやっているのよ。今日も、外で待ってるはず。

美園が座敷でいった通りだった。

「旦那さま、追いかけなくちゃ」

だが鶴次郎は抱きしめる手をゆるめない。

「もう、あんなふたりのことは、ええんとちゃいますか？」

「そんなこといわれるとその気になっちゃいそうだけど。いやいや、せっかくここまでわかったんだから。旦那さま、ふたりをつけなくちゃ。さ、手をはなして」

「いやや」

「もうっ」

麻が鶴次郎の額にこつんとこぶしをあてる真似をすると、鶴次郎は、しぶしぶ手を離した。

六輔の掲げる提灯を頼りに、麻と鶴次郎はふたりを追いかけた。

中の橋を渡り、小舟町の路地に面した仕舞屋の前で、乙葉は足を止めた。

「六輔さんの気持ちはありがたいけど、もうこんなこと、やめましょう」

「家を出るよ。店も捨てる」

ふたりの話し声が思いのほか、くっきりと聞こえた。

「無理よ。六輔さんにこんなこと、続けさせるわけにはいかない。もういいの」

乙葉はそういって、仕舞屋の戸をあけ、中に身をすべりこませ、ぴしゃりと閉めた。

「乙葉、待てよ」

「帰って。もう会いたくない」

乙葉の泣きだしそうな声が中からもれてくる。
「一緒にいたいんだ。離れたくないんだ。おれはあきらめないから」
怒ったように言って、六輔は路地から出てきた。天水桶の後ろに隠れた麻と鶴次郎には気づかず、六輔は走っていった。
♪お互いに知れぬが花よ
　世間の人に知れりゃ　二人の身の詰まり
あくまでお前に情立てて
惚れたが無理かえ　ションがいな
迷うたが無理かえ♪
やがて、仕舞屋から乙葉が悲し気に歌う声が低く聞こえた。
「こういうことやったんか」
鶴次郎が顎に手をやった。
「そうだったのね」
「乙葉ちゃん、ええ娘やで。年は六輔さんよりちょっと上か。まあ年上の女房は金の草鞋《わらじ》を履いてでも探せといいますしな。愛想もいいし、利発や。商売にも向くんとちゃ

います か？」

「そうよね。……三左衛門さんだったらわかってくれそうな気がする。なのに、なんで内緒にしてるの？」

「わけがわからんな。……明日は、店に六輔さんが来る日や。聞いてみますか」

鶴次郎がいった。普段は杉下に政吉が注文をとりに行くが、杉下では二月に一度ほどの割合で、若旦那の六輔が売れ行きや近況などを話しに千石屋に顔を出す。

「あら、手回しのいいこと」

「昨日、政吉に言付けがあったんや。三左衛門の手配やな。六輔さんと話してくれということやないかな」

雲がない夜で、月と星がやたらに輝いて見えた。月は少し欠けているせいか、のんびりと光を放っている。

「月がきれい、笑ってるみたいね」

「せやなぁ。ほんま、けらけら笑ってる声が聞こえるみたいや」

人気《ひとけ》の少なくなった通りを麻と鶴次郎は、足元を提灯で照らしながら歩いた。

月は、慈しんでくれているようだったり、泣いているようだったり、日によって見え方が変わる。

月が笑って見えるのは今の麻と鶴次郎が幸せだということだろう。この月は、六輔や乙葉の目にどう映っているのだろうかと思うと、麻はちょっと切なかった。


「先日は、お店の前で無様なところをみせてしまい、大変失礼しました」

六輔がやってきたのは九つ半（午後一時）を回ったころだった。御挨拶だけで失礼すると固辞する六輔を、麻と鶴次郎で引き留め、やっとのことで座敷に案内した。

「本当に合わせる顔がなく……これに懲りずにこれからもどうぞおつきあい、よろしくお願いいたします」

「こちらこそ、よろしくお願いいたします。……ところで六輔さん、寝不足がつづいているのや、ありませんんか」

お茶を勧めつつ、鶴次郎がいうと、六輔のこめかみがぴくりと動いた。

「朝早くから店の仕事をこなし、夜には三味線を持って思い人を家まで送り届ける暮らしは、いくら若くてもしんどいでしょう」

きらっと六輔の目が光る。

「な、なんでそれを」

「偶然、目にする機会がありましてな」

六輔は口を一文字に閉じ、黙り込んだ。麻が身を乗り出した。

「それほど乙葉さんのことが好きなら、思い切って三左衛門さんに打ち明けたらいいのに。三左衛門さんだって、話せばわかってくれますわ」

「わからんちんとちがいますよ。三左衛門さんは六輔さんを心底、心配してまっせ」

　六輔は首をわずかに横に振った。

「ご心配いただいて……ですが、乙葉は、親父に気軽に紹介できる相手じゃないんです。私が家を出るよりほかないんです」

　しばらく沈黙が続いた。やがて、六輔が口を開いた。

「……おふたりは今から十六年前ころ、うちの奉公人が店の金に手をつけたことをご存じではないですか」

　鶴次郎がはっと顔をあげた。

「ありましたな。番頭さんの彦助《ひこすけ》さんが、二十両ほど使い込んだって。……。麻と一緒になった年、番頭の佐兵衛と大旦那さんに商いを仕込まれ、わては四苦八苦しているこわれてな」

ろやった。三左衛門さんが、大旦那さんに相談にこられたとき、わても同席するようい

そんなことがあったとは、麻はまるで知らなかった。同居していた母・八千代は、女は奥だけを守っていればいいという考えで、あのころの麻は鶴次郎の仕事を手伝いたいとさえ、口にできなかった。仕事向きの話に耳を傾けることもできなかった。

麻が店を手伝いはじめたのは、鶴次郎への代替わりがすんでからだ。大っぴらに店に出るようになったのは、両親が根岸に隠居してからである。

「三左衛門さん、ずいぶん怒ってはったなぁ……」

彦助は対外的には暇をとったことにして、実際には店から追い出された。

「……彦助は囲った芸者に金をつぎこんでいたんです」

ぽつりといい、六輔は天井を見上げた。

「その芸者の娘が乙葉です。彦助が乙葉の父親なんです」

ある寄合いで、六輔は乙葉と出会い、その人となりと色香に魅せられた。やがて、浅草や両国広小路などにもふたりで出かけるようになったという。

だが六輔が一緒になりたいというと、乙葉は一転、別れを切り出した。六輔がなぜだ

と詰め寄ると、乙葉は涙ながらに自分の出自を打ち明けた。

――決して遊びのつもりでつきあったわけではありません。六輔さんが好きだから、一緒にいることが楽しいから、今だけはと、逢瀬を繰り返してきました。先のことは考えたくなかった。だって、先はないんですから。私は、杉下さんに不義なことをしでかした彦助の娘。本当は、六輔さんに近づいてはいけない女なんです。

乙葉は以来、六輔とのつきあいをたった。六輔が料理屋で座敷を構え、女将を通して乙葉を呼んでも断った。外で会おうと付文されても、無視した。

だが六輔は乙葉をあきらめなかった。あきらめきれなかった。やさしく、かわいらしく、芯が強い乙葉に、心底惚れていたからだ。そんなとき、乙葉の女中が実家に帰ったと聞き、六輔は、座敷を終えた乙葉を待ち構え、その女中に代わり家まで送り届けるようになった。

「今でも、親父は彦助のしでかしたことは忘れておりません。本当のことをいえば、親も店も捨てたくない。けれどどうしようもないんです」

そういって六輔は肩を落とした。乙葉の母親・豊吉《とよきち》は二年前に亡くなり、今、乙葉はひとりで暮らしているという。

数日後の夕方、麻と鶴次郎は再び薫寿に向かった。

美園が案内したのは、先日、川柳の集まりがあった十畳間だった。

黄金色の小さな花を咲かせる山茱萸《さんしゅゆ》と、朱色の撫子《なでしこ》が活けてある。掛け軸には「松籟」と、流麗な筆さばきで書かれていた。松籟《しょうらい》は松の間を吹く風。ひいては穏やかな春風を意味する。事情を呑み込んだ美園の心遣いが麻は嬉しかった。

やがて三左衛門とゆりが、次いで六輔があらわれた。

――六輔さんと、忌憚《きたん》なく話し合わずして、和解はできませんよ。

――今のままでは乙葉さんも気の毒だ。道を開くためにも、三左衛門さんにぶつかっていかないと。

麻と鶴次郎は、三左衛門と六輔をそれぞれ説得して、やっとのことで、ふたりが話し合うこの機会を設けたのだった。

美園自ら差配して、お膳やら酒やらを運び、三左衛門たちに酌をする。だが、三左衛門と六輔はぶすっとしたまま、時ばかりがたっていく。

「お邪魔いたします」

乙葉が入って来たのは、四半刻（三十分）ばかりたったころだった。

「女将さん、およびいただきまして、ありがとうございます」

麻に軽く頭をさげて、乙葉は座敷に入り、三味線を構えた。

六輔にも三左衛門にもゆりにも、乙葉が来ることは伝えていない。六輔の顔がすーっと青ざめた。

「何か歌いましょうか」

乙葉は、麻と鶴次郎を見た。麻がほほ笑む。

「ほどほどに、でも歌っていただきましょうか」

「かしこまりました」

麻にうなずき、ばちをうごかす。三味線の音色が艶っぽい。

♪ほどほどに色気もあって品も良く
　さりとて冷たくない人に
　逢ってみたいような春の宵♪

乙葉に声をかけたのは、三左衛門だった。

「いい声だ。おっかさん譲りだな」

「お粗末でござんした」

母・豊吉のことを三左衛門が持ち出したので、乙葉は目を伏せた。

「豊吉は三味線と歌、客あしらいのうまさ、どれをとっても抜群だった。彦助のことがなければ、当代一の芸者と呼ばれ続けただろうに」

使い込んだ金で囲われた芸者という噂が広まり、験が悪いと、豊吉はお座敷がかかる機会が激減したと、三左衛門は続けた。だが三味線の腕と歌は、最後まで誰もかなわなかった、と。

「豊吉は彦助が店の金に手をつけていたことを知らんなんだ。豊吉も貧乏くじをひいた口よ」

乙葉は三味線を脇におき、手をついた。短く息をはき、一気にいう。

「私は豊吉と彦助の娘でございます。父の不始末で、杉下さんにご迷惑をおかけしてしまったこと、いつかきちんとお詫びを申し上げなければと、思っておりました」

三左衛門の頬がぴくりと動く。

六輔が座布団を外したのはそのときだ。

「おとっつぁん、乙葉と一緒になりたいんだ」

「な、なんだと？」

「乙葉と一緒になることを許してください」

「六輔、本気でいっているのか？　店に泥を塗った彦助の娘と、一緒になる？　正気じゃない」

六輔は頭をふりあげた。

「乙葉に何の罪がある？　父親の顔も知らず、自分の芸だけで生きてきたんだ」

麻はふたつの盃に酒をなみなみとつぐと、六輔と三左衛門に手渡した。

「ささ、ぐっとあけてください」

いわれるまま、ふたりは酒を水のように流し込む。だが、空気が和らぐどころか、ますます険を増していく。

「六輔、おまえがこの場をしくんだのか」

三左衛門は六輔をにらみつけた。

「しくんだってなにを？」

「女まで連れ込んできやがって」

「乙葉だ。名前でいえ！」

「なんだその言い草は、親に向かって」

立ち上がり、六輔に殴りかかろうとした三左衛門の前に、鶴次郎が飛び出した。まあまあと三左衛門の両肩に鶴次郎は手をかけ、なんとか座らせる。それから鶴次郎は三左衛門にいった。

「申し訳ありません。このたびのことは全部、私どもが考えたことで。乙葉さんが同席することは六輔さんもご存じありませんでした」

「せっかくなので、みんな一緒にと思いましたのですが」

三左衛門は麻と鶴次郎をにらみ、はき捨てるようにいう。

「よけいなことを」

「いろんな事情がおありでしょうが、好きあっている若い二人を、認めてもらえないでしょうか」

麻が手をつく。鶴次郎も頭を下げた。

「……まずは親子だけで話すのが筋だ」

「親子だけで話して、埒《らち》があかねえから、おふたりがこの場をもうけてくれたんじゃねえのか」

苦虫をかみつぶしたような表情を崩さない三左衛門に、六輔がまた食って掛かる。

そのとき、ゆりがはじめて口を開いた。小さな声で穏やかにいう。

「六輔、喧嘩腰はいけないよ。おとっつぁんにどれだけ乙葉さんのことを思っているか、ちゃんと伝えなさい。旦那さまも、意固地にならないで、聞いてやってください。お願いいたします」

障子越しに月の光がほんのりさしこんだ。


翌朝四つ（午前十時）に、三左衛門とゆりがやってきた。三左衛門は紋付羽織袴《はかま》、ゆりは江戸褄《づま》である。

「私ども親子のためにお骨折りをいただいて、本当にありがとうございました」

座敷で、ふたりは深々と頭を下げた。

昨晩、三左衛門と六輔はあのあとも激しくやり合った。乙葉はいたたまれなくなったのだろう。ついには、身を引くといいだした。

――私を認めることはできないという大旦那さまのお気持ちはごもっともでございます。それだけのことを父はしてしまいました。私が、彦助の娘でなかったら、どんなによかったでしょう。けれど、父がいなければ私はこの世に生まれることはありませんでした。父の娘という宿命を私は背負っていかなくてはなりません。ご安心なさってください。私はきっぱりと身を引きます。六輔さんがなんといっても、お別れいたします。

ひとことひとこと、かみしめるようにいった。

――おまえをひとりにはしない。おれも家をでる。どこまでも一緒だ。

――私にはわかるんですよ。今はそう思っていても、いつか、六輔さんは杉下もご両親も恋しくなるって。杉下の店は六輔さんにとってなくてはならないもの。ご両親のことも大切に思っているって。好いた男に、そんな切ない思いをさせるわけにはまいりません。

沈黙がおりた。

すると、六輔は三左衛門に向き直った。

――おとっつぁんが必死で守ってきた杉下という暖簾を、おれも守っていきたい。小さいころからそう思って生きてきた。その気持ちを、乙葉は誰よりわかってくれているんだ。……おとっつぁん、頼む。一緒になることを許してくれないか。一生懸命、働くよ。おれはあの店が好きなんだ。おとっつぁんのように、奉公人に慕われ、客に信用される主になってみせる。乙葉は、そんなおれをきっとしっかり支えてくれる。

三左衛門は答えない。

どうしても、三左衛門の許しは得られないと思ったのだろう。乙葉は腰をあげかけた。

——お別れでござんす。

そのとき三左衛門はそれまでつぶっていた目を見開いた。静かに切り出す。

——乙葉。おまえの覚悟はわかった。六輔の気持ちも。……これからふたりで手を携え、店を守り立てていくつもりなんだな。

六輔が三左衛門を見つめる。

——……おとっつぁん。

三左衛門は六輔にうなずいた。

——おまえの言う通りだ。乙葉には罪がない。あるはずがない。それが、わかっているのに、私も焼きがまわっていたようだ。

ゆりはふわりとうなずく。

——おまえさまはきっとこういってくれると思っておりました。

——祝言は早い方がいいだろう。彦助のことは今輪際、水に流そう。乙葉も今の仕事が片付いたら、うちに通って、奥や店の仕事を覚えておくれ。さ、帰るぞ。

三左衛門は立ち上がり、ゆりを促した。

――六輔。今日はゆっくりしてきていいぞ。

三左衛門は部屋を出ていくとき、そうつけ加えた。


「これからは祝言の準備で忙しくなりますわね」

「結構なこっちゃ」

麻と鶴次郎がそういうと、三左衛門とゆりは揃って手をついた。

「六輔と乙葉の仲立ちをお引き受けいただけませんでしょうか」

「私たちが」

「おふたりは六輔と乙葉の縁結びの神。おふたりをおいて、他にお願いしたい人はございません」

鶴次郎と麻は顔を見合わせた。仲立ちをつとめるのは初めてである。

「その大役、謹んでお引き受けさせていただきます」

鶴次郎が頭をさげた。麻もあわてて深々とお辞儀をした。

それから、ゆりが三左衛門に風呂敷包みを渡した。三左衛門が風呂敷を開く。文箱がはいっていた。

蓋を開けると、何通もの文が見えた。

「これは彦助が届けて寄こした文でございます」

彦助は杉下を出た後、実家の目黒村に帰り、庄屋の奉公人になったという。

「毎年、晦日に彦助は私に文を送ってきました。わび状です。ある年は二朱、ある年は一両と、金もそえて。魔が差して、してはならないことをしでかしてしまいましたが、あの男は根っからの悪人などではなかった。豊吉にあるとき、文の話をしたら、豊吉のところにも毎年、彦助から文が届くといっておりました。わずかであっても、仕送りしていたのかもしれません」

「そうでしたか」

「番頭なら、女と一緒になって暮らすこともできたのに、なんで私に相談をしてくれなかったのか。そう思えるようになったのは、しばらくしてからのことでございました。ですが当時の私に相談などできるわけがなかった。奉公人は黙って働け、くらいにしか思っていなかったぼんくら主でしたから」

以来、三左衛門は奉公人に慕われる主になろうと思ったという。

「私の目を覚ましてくれたのは、彦助です。それが息子の気持ちを問答無用ではねつけるようではどうしようもない。また彦助の娘というだけで、乙葉を拒んでしまったのは、私の狭量さゆえでございます。彦助は死ぬまでその罪を悔い、その罪を抱えて逝ってしまったのに。おゆりも、乙葉を杉下の女将として仕込むといってくれました」

今朝早く、乙葉は杉下にお礼を述べに来たという。

「私よりずっとしっかりしていますよ。世間知らずの私がそんな乙葉さんを仕込むだなんてとてもとても。ですが、ふたりの代になって困ったりしないように、伝えるべきことだけは伝えていこうと思っております」

ゆりは穏やかにいった。ゆりと三左衛門は見合いで出会ったが、楚々としたゆりのものごしに、三左衛門が一目惚れをしたというのは、知る人ぞ知る話である。

「乙葉さんは彦助さんが目黒の生まれということは知っていましたけれど、一度もそちらを訪ねたことはなかったそうです。桜が咲きましたら、乙葉さんと六輔、旦那さまと一緒に、彦助さんのお墓参りに行かなくてはなりませんね」

うむと、三左衛門はうなずいた。目黒には、桜の名所として知られる川がある。

「彦助の文に、桜もきれいだが、川面を桜の花びらがびっしり埋め尽くす花いかだも見事だとありました。みんなでその光景を眺めたら、彦助も喜んでくれるでしょう」

「そういたしましょう。彦助はきっと、ふたりのことをいつまでも守ってくれますよ」

ゆりが三左衛門にいった。

人をたて、人を決して嫌な気持ちにさせないゆりは、実は杉下の要であり、三左衛門のよりどころなのかもしれなかった。

政吉が菓子包みを携えて店回りから走って戻ってきたのは、桜がほころび始めて数日たった日だった。

「女将さん、旦那さん！　これ！」

茶の間にすっとんできて、ちょうどそこでお茶を飲んでいた麻と鶴次郎に、政吉は菓子の包みを押し付けた。

「早く、あけてください」

泡を食ったような顔で政吉は息せき切っていう。こんな政吉は珍しい。

麻があわてて包み紙を開くと、でてきたのは桜餅が五個ばかり。

「食べてください」

「いったい、何？」

「いいから、早く」

麻と鶴次郎は桜餅の葉をはずして、口に運んだ。とたんにふたりの眉が開いた。

「えっ」

「これ……三笠屋のあんこやないのか？」

鶴次郎の声が裏返る。

「そうです。……三笠屋の桜餅です」

両国広小路を通りかかったとき、声がしたという。

――千石屋さん。千石屋の手代さん。

声がしたほうを見ると、三笠屋の主と女房が立っていた。主は首から紐をかけ、餅箱をかかえている。餅箱には桜餅が並んでいた。緑の葉をまとった淡い桜色の、桜の匂いがする菓子が、ぎっしり餅箱に詰まっている。

――またはじめたんですよ。

三笠屋の女房がいった。三笠屋は店を失ったが、主は菓子作りをあきらめきれず、移り住んだ長屋でまた菓子作りをはじめたという。心を入れ替えるといった息子も一緒に。

——幸い、塩漬けにした桜の葉は持ってでることができました。今年も桜の季節に、わずかですが、桜餅を作ることができました。千石屋さんの旦那さんと女将さんに、食べてもらえたら、ありがたい。

そういった女房の眉が八の字になっていた。今にも泣きだしそうなのに、目は笑っていた。

「ありがたいのはこっちのほうや。でかした、政吉。……うまいなぁ。わてはこのあんこ、めっちゃ好きやねん。政吉もお食べ。お菊もお食べ」

鶴次郎はそれから、麻にささやいた。

「まだ三笠屋の桜餅、残ってるやろうか。買い占めにいこうやないか」

「……全部買ってまいりましょう。なんなら、うちの店の傍らに台を並べて売ってもらってもいいですよね。それなら雨の日も休まなくてすみますし。あんこを肴に、酒を飲む人にも喜ばれます」

「お麻……わての胸のうち、見えたんかいな。それなら、毎日三笠屋のあんこが食べられるやないかい」

鶴次郎は麻の額を人差し指でつんとつく。麻は肩をすくめ、うなずき、立ち上がった。

「さ、両国広小路までひとっ走り、まいりましょう！」

「ほいな」

麻と鶴次郎は、啞然《あぜん》としている奉公人に「いってくる」と言い残すと、草履をひっかけ、外に飛び出した。

あたたかな日差しが天から降り注いでいる。

町が桜色に染まりはじめていた。

光文社文庫

文庫書下ろし／長編時代小説

花《はな》いかだ　新川河岸《しんかわがし》ほろ酔《よ》いごよみ

著　者　五十嵐《いがらし》佳子《けいこ》

2024年6月20日　初版1刷発行

発行者　三　宅　貴　久
印　刷　堀　内　印　刷
製　本　フォーネット社

発行所　株式会社　光　文　社
〒112-8011　東京都文京区音羽1-16-6
電話（03）5395-8147　編　集　部
8116　書籍販売部
8125　制　作　部

落丁本･乱丁本は制作部にご連絡くだされば､お取替えいたします｡
ISBN978-4-334-10347-7　Printed in Japan

組版　萩原印刷

妙麟　赤神諒
弥勒の月　あさのあつこ
夜叉桜　あさのあつこ
木練柿　あさのあつこ
東雲の途　あさのあつこ
冬天の昴　あさのあつこ
地に巣くう　あさのあつこ
花を呑む　あさのあつこ
雲の果　あさのあつこ
鬼を待つ　あさのあつこ
花下に舞う　あさのあつこ
乱鴉の空　あさのあつこ
旅立ちの虹　有馬美季子
消えた雛あられ　有馬美季子
香り立つ金箔　有馬美季子
くれないの姫　有馬美季子
光る猫　有馬美季子

華の櫛　有馬美季子
麻と鶴次郎　五十嵐佳子
百年の仇　井川香四郎
優しい嘘　井川香四郎
後家の一念　井川香四郎
48KNIGHTS　伊集院静
橋場の渡し　伊多波碧
みぞれ雨　伊多波碧
形見　伊多波碧
家族　伊多波碧
城を嚙ませた男　伊東潤
巨鯨の海　伊東潤
鯨分限　伊東潤
男たちの船出　伊東潤
剣客船頭　稲葉稔
天神橋心中　稲葉稔
思川契り　稲葉稔

光文社時代小説文庫　好評既刊

迷い鳥　決定版　稲葉　稔
おしどり夫婦　決定版　稲葉　稔
恋わずらい　決定版　稲葉　稔
江戸橋慕情　決定版　稲葉　稔
親子の絆　決定版　稲葉　稔
濡れぎぬ　決定版　稲葉　稔
こおろぎ橋　決定版　稲葉　稔
父の形見　決定版　稲葉　稔
縁むすび　決定版　稲葉　稔
故郷がえり　決定版　稲葉　稔
馬喰八十八伝　井上ひさし
三成の不思議なる条々　岩井三四二
家康の遠き道　岩井三四二
天命　岩井三四二
甘露梅　新装版　宇江佐真理
ひょうたん　新装版　宇江佐真理
夜鳴きめし屋　新装版　宇江佐真理

彼岸花　新装版　宇江佐真理
神君の遺品　上田秀人
錯綜の系譜　上田秀人
女の陥穽　上田秀人
化粧の裏　上田秀人
小袖の陰　上田秀人
鏡の欠片　上田秀人
血の扇　上田秀人
茶会の乱　上田秀人
操の護り　上田秀人
柳眉の角　上田秀人
典雅の闇　上田秀人
情愛の奸　上田秀人
呪詛の文　上田秀人
覚悟の紅　上田秀人
旅発　上田秀人
検断　上田秀人